슬픔이 택배로 왔다

창비시선 482

슬픔이 택배로 왔다

초판 1쇄 발행 / 2022년 9월 23일
초판 14쇄 발행 / 2024년 12월 4일

지은이 / 정호승
펴낸이 / 염종선
책임편집 / 이진혁 박문수
조판 / 박아경
펴낸곳 / (주)창비
등록 / 1986년 8월 5일 제85호
주소 / 10881 경기도 파주시 회동길 184
전화 / 031-955-3333
팩시밀리 / 영업 031-955-3399 편집 031-955-3400
홈페이지 / www.changbi.com
전자우편 / lit@changbi.com

ⓒ 정호승 2022
ISBN 978-89-364-2482-4 03810

슬픔이 택배로 왔다

정호승 시집

창비

차
례

제1부

제3부

제4부

제1부

낙과(落果)

내가 땅에 떨어진다는 것은
책임을 진다는 것이다
햇빛에 대하여
바람에 대하여
또는 인간의 눈빛에 대하여

내가 지상에 떨어진다는 것은
사랑한다는 것이다
내가 떨어지기를 기다리는
그동안의 모든 기다림에 대하여
견딜 수 없었던
폭풍우의 폭력에 대하여

내가 책임을 다한다는 것이다
사랑한다는 것은
책임을 지는 것이므로
내가 하늘에서 땅으로 툭 떨어짐으로써
당신을 사랑한다는 것이다

빈 의자

빈 의자는 오늘도 빈 의자다
빈 의자는 빈 의자일 때 가장 외롭지 않다
빈 의자는 빈 의자일 때 가끔 심장을 꺼내 햇볕에 말리고
의자에 앉았다 간 사람들이 놓고 간 더러운 지갑도
휴대폰도 꺼내 말린다

빈 의자는 오늘도 빈 의자에 앉았다 간 낙엽을 생각한다
빈 의자는 오늘도 빈 의자에 앉았다 간 첫눈을 생각한다
첫눈 위에 발자국을 몇개 찍어놓고 간 산새를 생각한다
그 산새를 따라가며
빈 의자에 앉았다가 울고 간 사람을 생각한다

빈 의자는 비어 있기 때문에 의자다
빈 의자는 빈 의자일 때 가장 고독하다
빈 의자는 빈 의자일 때 가장 정의롭다
먼 데서 울음소리가 그치지 않는 밤
빈 의자는 빈 의자일 때 당신을 가장 기다린다

낙곡(落穀)

내가 이 땅에 떨어진 것은 오로지 너를 위해서다
내가 한알의 낟알로 땅에 떨어져
고요히 기도하고 있는 것은 오로지 너의 가난을 위해서다

첫눈이 내리고 무서운 겨울이 오기 전에
내가 너를 다시 간절히 기다리고 있는 것은
지난여름 내가 너를 위해 견디며 익어갔기 때문이다

한알의 곡식이 익어 땅에 떨어지는 것이 죽음이라면
나는 지금 너를 위해 죽음을 기다리고 있는 것이다
너를 기다림으로써 아직 살아 있는 것이다

어두운 골목길 속으로 무거운 그림자를 끌며 절뚝거리는
단 한번도 푸른 하늘로 날아오르지 못한
저 인간이라는 아버지를 원망하지 말고

오라 추수가 끝난 인간의 죄 많은 대지 위에
아직 나의 고요한 기다림은 남아 있다
기다림의 사랑은 남아 있다

빈 물통

빈 물통은 텅 비어 있어도 물이 가득하다
빈 물통은 물이 가득한 채 텅 비어 있다
빈 물통에 물이 가득 찰 때는 텅 비어 있을 때다

나는 빈 물통이 비어 있기 때문에 가득 찬 줄 모르고
빈 물통은 물이 가득 차도 빈 물통인 줄 모르고
평생 빈 물통을 채우느라 강가에 나가
물지게를 지고 우는 날이 많았다

비어 있어야 채우게 되고
채우면 반드시 비우게 되는 것을 알지 못하고
빈 물통엔 늘 물이 가득 차야만 되는 줄 알고
평생 물을 가득 채우다가 빈 물통을 껴안고
슬픔에 목마른 날이 많았다

나는 이제 빈 물통으로 물을 마셔도 목마르지 않다
빈 물통을 들고 한겨울 강가로 나가
꽝꽝 얼어붙은 강물에 귀를 대고
얼음장 밑으로 흐르는 강물 소리를 듣는다

모과

가을 창가에 노란 모과를 두고 바라보는 일이
내 인생의 가을이 가장 아름다울 때였다

가을이 깊어가자 시꺼멓게 썩어가는 모과를 보며
내 인생도 차차 썩어가기 시작했다

썩어가는 모과의 고요한 침묵을 보며
나도 조용히 침묵하기 시작했다

썩어가는 고통을 견디는 모과의 인내를 보며
나도 고통을 견디는 인내의 힘을 생각했다

모과는 썩어가면서도 침묵의 향기가 더 향기로웠다
나는 썩어갈수록 더 더러운 분노의 냄새가 났다

가을이 끝나고 창가에 첫눈이 올 무렵
모과 향기가 가장 향기로울 때
내 인생에서는 악취가 났다

탐매(探梅)

죽을 때가 되니 꽃을 찾는구나
꽃을 찾으니 죽을 때가 되었구나
꽃을 찾으면 봄이 오지 않고
봄을 찾으면 꽃이 피지 않는구나

인간이 한송이 꽃인 줄도 모르고
한평생 무슨 꽃을 찾으러 다녔느냐
아름답지 않은 꽃은 없는데
내가 찾으러 다닌 꽃만 아름답지 않더냐

꽃이 피면 고픈 배도 부를 줄 알고
추악한 마음도 아름다워질 줄 알고
순천 탐매마을 홍매화를 찾아
한잔 술에 취한 게 그리 아름답더냐

꽃이 피면 핀 대로 그냥 두어라
꽃은 찾아간다고 아름다운 게 아니다
꽃을 찾아 멀리 길을 떠나도
꽃 지는 날에 길을 떠나라

매화 구경

꽃은 사리(舍利)다
봄이 오면 산사의 모든 사리가 꽃으로 피어난다
올봄에는 사리가 매화꽃으로 피어난다
찬 바람이 매서웠던 지난겨울
달빛이 첫눈으로 내릴 때
부도탑 가는 길가의 모든 나무는 매화나무가 되었다
사리는 꽃이다
사람들이 해마다 선암사 홍매화를 보고 와서
혼자 우는 것은
사리를 친견하고 비로소 인간이 되었기 때문이다

부처꽃

얼마나 부처님을 그리워했으면
얼마나 부처님을 사모했으면
얼마나 부처님의 제자가 되고 싶었으면
아침마다 꽃으로 피어나 아름다운가
세상에서 가장 못나고도 아름다운 꽃
향기가 없으면서도 가장 향기로운 꽃
나를 미워하면서도 가장 사랑하는 꽃
세상에 소리 내어 웃는 꽃은 없으나
웃음소리가 새소리 같은 꽃

꽃을 따르라

돈을 따르지 말고
꽃을 따르라

봄날에 피는 꽃을 따르지 말고
봄날에 지는 꽃을 따르라

벚꽃을 보라
눈보라처럼 휘날리는 꽃잎에
봄의 슬픔마저 찬란하지 않으냐

돈을 따르지 말고
지는 꽃을 따르라

사람은 지는 꽃을 따를 때
가장 아름답다

매화불(梅花佛)

꽃이 피었다고 또 우느냐
꽃이 졌다고 또 굶느냐
꽃이 피면 용서한다고 약속해놓고
꽃이 졌다고 아직 용서하지 못하느냐
용서하지 못하면 잊기라도 하여라
잊지 못하면 용서라도 하여라
그래도 용서하지 못하면 용서하지 말아라
오늘 내가 봄바람에 홍매화로 피어나
너를 바라보는 게 바로 용서가 아니더냐
죽고 싶을 때가 가장 살고 싶을 때이므로
꽃이 질 때 나는 가장 아름답다
죽어야 할 때가 언제인지를
두려워하지도 기다리지도 말고
꽃이 질 때 너도 나와 아름다워라

택배

슬픔이 택배로 왔다
누가 보냈는지 모른다
보낸 사람 이름도 주소도 적혀 있지 않다
서둘러 슬픔의 박스와 포장지를 벗긴다
벗겨도 벗겨도 슬픔은 나오지 않는다
누가 보낸 슬픔의 제품이길래
얼마나 아름다운 슬픔이길래
사랑을 잃고 두 눈이 멀어
겨우 밥이나 먹고 사는 나에게 배송돼 왔나
포장된 슬픔은 나를 슬프게 한다
살아갈 날보다 죽어갈 날이 더 많은 나에게
택배로 온 슬픔이여
슬픔의 포장지를 스스로 벗고
일생에 단 한번이라도 나에게만은
슬픔의 진실된 얼굴을 보여다오
마지막 한방울 눈물이 남을 때까지
얼어붙은 슬픔을 택배로 보내고
누가 저 눈길 위에서 울고 있는지
그를 찾아 눈길을 걸어가야 한다

마음이 가난해지면

마음이 가난해지면 지옥도 나의 것이다
당신을 사랑하기 위해 마음이 가난해지면
비 온 뒤 지옥에 꽃밭을 가꾸기로 했다
채송화 백일홍 달맞이꽃을 심어
마음이 가난해질 때마다 꽃 한송이 피우기로 했다
감나무도 심어 마음이 배고플 때마다
새들과 홍시 몇개는 쪼아 먹기로 했다

마음이 가난해지면 지옥의 봄날도 나의 것이다
지옥에 봄이 오면 당신을 사랑할 수 있다기에
죽어도 영원히 사랑할 수 있다기에
지옥에 텃밭도 가꾸기로 했다
상추 고추 쑥갓 파 호박을 심어
호박잎에 저녁별을 쌈 싸 먹을 때마다
마음은 더욱 가난한 흙이 되기로 했다
흙을 뚫고 나온 풀잎이 되기로 했다

무심(無心)에 대하여

어디서 왔는지 모르면서도 나는 왔고
내가 누구인지 모르면서도 나는 있고
어느 때인지 모르면서도 나는 죽고
어디로 가는지 모르면서도 나는 간다
사랑할 줄 모르면서도 사랑하기 위하여
강물을 따라갈 줄 모르면서도 강물을 따라간다
산을 바라볼 줄 모르면서도 산을 바라본다
모든 것을 버리면 모든 것을 얻는다지만
모든 것을 버리지도 얻지도 못한다
산사의 나뭇가지에 앉은 새 한마리
내가 불쌍한지 나를 바라본다
무심히 하루가 일생처럼 흐른다

낙수(落水)

절벽 끝에 떨어지는 폭포는 아니다
절벽 끝에 부서지는 파도도 아니다
해 뜨기 전부터 풀잎에 맺혀
나를 기다리는 아침 이슬도 아니다
가을비 오는 날
낡은 아파트 홈통을 타고 흘러내리는
늦가을의 눈물이다
바쁘나 내가 니하고 이야기 좀 하고 싶다
그런데 니가 너무 바빠서
말끝을 흐리고 물끄러미 나를 바라보시던
아버지의 늙은 눈물이다
아버지의 눈물을 이해하지 못하고
거짓말을 하러 바쁘게
세상을 돌아다니는 동안
흙이 된 아버지 앞에 떨구는
내 참회의 때늦은 눈물이다

흙탕물

흙탕물이 맑아지기를 기다리지 않는다
도도히 계곡을 휩쓸고 지나가던 여름날의 흙탕물이
고요해지기를 기다리지 않는다
흙탕물이 맑아지려면 내가 먼저 맑아져야 하고
묵상의 바닥에 고요히 무릎을 꿇어야 하므로
흙탕물에 새벽별이 뜨기를 기다리지 않는다
흙탕물이 흙탕물 그대로 있기를 바란다
내 일찍 당신과 만나 한 몸을 이루었듯
흙탕물도 흙과 물이 만나 한 몸을 이루어
서로 사랑하고 미워했을 뿐
흙은 물을 만나 더러운 흙이 되는 게 아니다
물은 흙을 만나 흐린 물이 되는 게 아니다
흙탕물이 튀어서 내 마음이 더러워진 적은 없다
한때는 분노와 증오의 붉은 흙탕물이 되어
내가 썩어간다고 생각했으나
이제는 흙탕물이 흙탕물 그대로 있는 게 아름답다
모내기를 끝낸 저 무논을 보라
물은 흙탕물이 될 때 비로소 흙에서 어머니를 만난다
흙은 흙탕물이 될 때 비로소 물에서 모를 키운다

소금

모든 설탕이 소금이 된 소금이다
설탕의 달콤함이 소금이 된 소금이다
달콤함의 유혹이 소금이 된 소금이다
유혹의 죄악이 소금이 된 소금이다

모든 불의가 소금이 된 소금이다
불의의 분노가 소금이 된 소금이다
분노의 증오가 소금이 된 소금이다
증오의 칼날이 소금이 된 소금이다

모든 죄인의 죽음이 소금이 된 소금이다
죽음의 절망이 소금이 된 소금이다
절망의 희망이 소금이 된 소금이다
희망의 먼지가 소금이 된 소금이다

모든 눈물이 소금이 된 소금이다
눈물의 기도가 소금이 된 소금이다
기도의 축복이 소금이 된 소금이다
축복의 감사가 소금이 된 소금이다

구근을 심으며

나는 당신의 구근이다
기다려도 오지 않는 봄을 위하여
오지 않는 봄을 다시 기다리기 위하여
늦가을에 수선화 구근을 심으며
내 심장을 심는다

추운 겨울을 잘 견딜 수 있도록
두툼하게 왕겨를 덮어주고
왕겨가 바람에 날리지 않도록 흙으로 덮어주고
추위에 떨며
짧은 겨울 해를 바라본다

어머니는 나의 구근이었다
어머니를 땅에 묻은 것도
구근을 심은 것이다
내가 죽어 땅에 묻히는 것도
구근을 심는 것이다

그동안 누군가를 위해

단 한번도 구근이 된 적이 없었으므로
구근이 겨울을 견디는 동안
나는 헐벗은 심장을 드러낸 채
당신의 봄이 오기를 기다린다

죽순을 먹으며

죽순은 어머니인 뿌리를 두고
어떻게 대숲을 떠나올 수 있었을까
땅속 깊이 뿌리를 뻗던 어머니의 바람대로
인내의 마디마디를 높여
나라를 구하는 죽창은 되지 못하고
왜 이 봄날에 어머니를 떠나
가늘게 쪼개지고 데쳐지고 초무침이 되어
배고픈 나의 저녁 식탁을 찾아온 것일까
자식을 먼저 떠나보내는 일이
어머니의 가장 큰 슬픔인 줄 모르고
어머니보다 먼저 떠나는 것이
세상에서 가장 큰 불효인 줄 모르고
나 같은 죄 많은 인간에게
무엇을 헌신 공양하고자 하는 것일까
나는 행복할 때 행복에 매달리고
불행할 때 불행에서 멀리 도망쳐
아직 인간이 되지 못하는데
미안하다 오늘도 흰 피를 흘리며
죽음을 두려워하지 않는 죽순을 먹으며

댓잎을 스치는 바람 소리를 듣는다
멀리 대꽃 피어나는 소리를 듣는다

눈길 걷는 법

눈길을 걸을 때에는 눈을 밟지 않아야 한다
특히 첫눈 내린 눈길을 걸을 때에는
첫눈을 밟지 않아야 한다

눈길을 걸을 때에는 혼자 걷지 않도록 조심해야 한다
공연히 눈길에 심장을 버리고
저 혼자 서럽게 울지 않아야 한다

눈길을 걸을 때에는 다른 사람이 남긴 발자국을
따라가지 않아야 한다
눈길에 더러운 내 발자국은 남기지 않아야 한다

눈길을 걸을 때에는 코트 깃을 세우고
호주머니에 손을 찌르고
고개를 푹 숙이고 걸어서는 안 된다

반드시 나뭇가지에 앉은 새를 바라보면서
바람에 툭툭 눈 뭉치 떨어지는 소리를 들으며
흰 눈을 떨치고 새가 날아간 방향으로 걸어가야 한다

폭풍 전야

폭풍 전야에 폭풍은 불어오지 않는다
먹구름이 밀려오는 폭풍 전야는 폭풍 전야일 뿐
폭풍 전야에 폭풍을 두려워할 필요는 없다

폭풍 전야를 두려워하면 폭풍이 두려워진다
모든 집과 나무들이 폭풍 전야의 고요를 두려워하는 것은
두려움을 두려워하는 것일 뿐
정작 폭풍을 만나면 폭풍은 두렵지 않다

나는 폭풍 전야에 당신과 뜨겁게 사랑을 나누고
폭풍이 불어오면 폭풍이 될 것이다
더이상 당신에게 남은 인생을 의지하지 않고
스스로 한그루 나무로 서서 쓰러질 것이다

폭풍에 나무가 쓰러지는 것은
폭풍의 분노를 두려워하기 때문이 아니라
폭풍의 분노와 상처를 사랑하기 때문이다

고요를 찾아서

나는 소란한 고요가 좋다
고요한 고요보다 소란한 고요를 찾아
너에게로 가려 했으나
고요한 고요가 너무 고요해서
지금 고요를 찾아 떠날 수가 없다

무릎을 꿇고 두 손을 모으고
너에게로 달려가
소란한 고요의 자세를 완성하려 했으나
고요한 고요를 떠날 수 없어
나는 지금 고요를 깨뜨릴 도끼를 들고 있다

고요는 고요를 깨뜨려야 고요하다
고요는 고요에 있지 않고 소란한 길 위에 있다
신발과 자동차가 다니는 길바닥에 있다
길 위의 비둘기를 보라
바쁘게 지나가는 사람들의 바닥을 보며 고요하다

내가 찾아가야 할 너는 부디

내가 도끼로 고요를 깨뜨릴 때까지 기다리지 말고
소란한 고요를 찾아 고요하라

김밥을 먹으며

서울행 막차를 기다리며
동대구역 대합실 구석에 앉아 김밥을 먹는다
김밥에게 가장 중요한 것은 단무지라고
단무지가 없으면 김밥은 내 인생에 필요하지 않다고
밤눈 내리는 동대구역 창밖을 바라본다
노숙자 사내가 말없이 다가와 손을 내민다
여기 앉으세요
자리를 내주고 김밥 한줄을 건네며
꾸역꾸역 물도 없이 김밥을 먹는
한때 농부였다는 그의 서러운 이야기를 듣는다
나도 한때 노숙의 시인이었다고
노숙자 아닌 사람이 누가 있느냐고
말하려다가 거짓에 목이 메인다
누구는 보리수 아래에서 발우 하나와 누더기 한벌로
평생 부족함 없이 사신다는데
나는 모든 것을 지니고 있으면서도
아무것도 지닌 게 없다고
오늘 살고 있는 집보다 내일 살아야 할 집 때문에
더 춥고 배가 고프다고

처음 만난 노숙자끼리 말 없는 말을 나누며
우걱우걱 다정히 김밥을 나눠 먹는다
기다리는 기차는 아직 오지 않고
대합실 창가에 눈발만 흩날린다

그리운 서울역

그리운 서울역에 가야 한다
오늘도 죽지 말고 내일도 죽지 말고
막차라도 타고 서울역에 가서
마지막으로 당신을 만나야 한다
아무리 가도 아무 데도 갈 데가 없어
어디를 가든 가야 할 길이 사라져
누구를 만나든 더이상 만나야 할 인간이 없어
당신을 만나러 서울역에 가야 한다
굳이 목숨이 다한 내 목숨은 구하지 않는다
당신을 따라 서울역 광장에 엎드려 절을 해야 한다
화엄사 각황전 여래불님께 절을 하며 버리듯
반드시 앙갚음하려던 내 마음을 버려야 한다
대합실을 오가는 승객들의 발밑에 며칠이고 엎드려
죽기 전에 갚아야 할 원수를 사랑해야 한다
서울역에 함박눈 펑펑 쏟아지던 겨울밤
오리털 점퍼를 벗어 노숙인에게 입혀주고
오만원 지폐를 손에 꼭 쥐여주고
황급히 사라져간 당신 뒤를 따라가야 한다

제 2 부

가슴이 슬프다

어린 새들이
단 한알의 모이를 쪼아 먹으려고
사방을 두리번 두리번거리고
이 나뭇가지에서 저 나뭇가지로 재빨리
수십번이나 자리를 옮기며
기다리고 또 기다리다가
기어이 한알의 모이도
한모금의 물도 쪼아 먹지 못하고
검은 마스크를 쓴 인간이 두려워
포르르
어둠이 깃드는 저녁 하늘로 멀리 날아갈 때
가슴이 슬프다

실연(失戀)

오늘도 나는 실연당했다
창밖 감나무 가지에 날아온
작은 박새 한마리
내 가난한 청춘의 심장이
새가 되어 날아온 것 같아
얼른 창을 열고
두근두근 마음을 다 빼앗겼으나
박새는 포르르 날아가고 말았다
가는 나뭇가지만 흔든 채
뒤도 한번 돌아보지 않고

혈서(血書)

첫눈 내린
아파트 뒷길
보도블록 위에
총총히 찍혀 있는
작은 새 발자국
새들이 떠나면서
마지막으로
인간을 사랑한다고
희디흰 피로 쓴
사랑의 혈서

성소(聖召)

어디에서
누가 나를 부르나
먼 하늘 어디에서
나를 부르는 이 누구일까

아침에 일어나
찬물에 세수를 하고
무릎을 꿇고
고요히 기도를 올리면

새다
새소리다
새가 나를 부른다
성소다

새의 성소를 받든다
더러운 옷을 벗고
새에게 무릎을 꿇고
온전히 나를 바친다

새는 언제나 옳다

새는 마음속에 미움이 없다
증오도 분노도 없다
인간은 인간을 미워하느라 잠 못 이루는데
새는 새를 미워하지 않는다

새는 마음속에 원수가 없다
오히려 내 마음속에 있는 원수를 데려가
창공을 난다
원수를 사랑할 줄 모르는 내 마음속에
원수가 살지 않도록
새벽 일찍 날아와 내 창을 두드린다

새는 원한을 원한으로 갚는
원수를 원수로 갚는 인간을 가장 슬퍼한다
새가 하늘을 나는 것은
버릴 수 없는 내 원한을 지평선 너머로
멀리 버려주기 위한 것이다

새는 언제나 옳다

새가 사랑하는 것은 언제나 옳다
새는 진리를 위해 하늘을 난다
땅에서는 인간의 거짓을 쪼아 먹고
하늘에서는 진리의 똥을 눈다

새는 눈물을 흘리지 않는다

새는 눈물을 흘리지 않는다
인간이 쏜 총에 맞아
어머니가 돌아가셔도
높은 가지 끝에 앉아
지상에 눈물을 떨어뜨리지 않는다
어머니를 잃은 슬픔의 새가
흘리는 것은 오직 이슬일 뿐
이슬의 날개일 뿐
이슬의 날개로 새벽 높이 날아가
먼동이 트는 새벽하늘이 될 뿐
새는 인간의 길에 눈물을 떨어뜨려
인간을 슬프게 하지 않는다

뒷모습

뒷모습이 아름다운 사람이 아름답다고
이제는 내 뒷모습이 아름다워졌으리라
뒤돌아보았으나
내 뒷모습은 이미 벽이 되어 있었다
철조망이 쳐진 높은 시멘트 담벼락
금이 가고 구멍이 나 곧 무너져 내릴 것 같은
제주 푸른 바닷가 돌담이나
예천 금당실마을 고샅길 돌담은 되지 못하고
개나 사람이나 오줌을 누고 가는
으슥한 골목길
담쟁이조차 자라다 죽은 낙서투성이 담벼락
폭우에 와르르 무너진다
순간 누군가
담벼락에 그려놓은 작은 새 한마리
포르르 날개를 펼치고
골목 끝 푸른 하늘로 날아간다
나는 내 뒷모습에 가끔 새가 날아왔다고
맑은 새똥을 누고 갈 때가 있었다고
내 뒷모습이 아름다울 때도 있었다고

눈사람

눈이 오자 사람들이
눈사람을 만들어놓고 싸운다
서로 눈사람을 빼앗아 먹으려고 싸운다
눈사람도 먹으면 맛있다고
눈사람도 먹으면 배가 부르다고
눈사람도 팔면 돈이 된다고
서로 집에 가져가려고
눈사람이 쓰러질 때까지 악착같이 싸우다가
이튿날 아침
해가 뜨고 눈사람이 녹기 시작하자
언제 싸웠냐는 듯
눈사람을 발로 차고
집으로 돌아간다

모닥불

강가의 모닥불 위에 함박눈이 내린다
하늘의 함박눈이 모닥불 위에 내린다

모닥불은 함박눈을 태우지 않고 스스로 꺼진다
함박눈은 모닥불에 녹지 않고 스스로 녹는다

나는 떠날 시간이 되어 스스로 떠난다
시간도 인간의 모든 시간을 스스로 멈춘다

이제 오는 자는 오는 곳이 없고
가는 자는 가는 곳이 없다

인생은 사랑하기에는 너무 짧고
증오하기에는 너무 길다

제야(除夜)

제야에 배고픈 거미 한마리
바다와 육지 사이에 거미줄을 친다
제야의 종소리가 하루살이처럼 거미줄에 걸린다
종소리에 담긴 새해의 소망이 거미줄만 뒤흔든다
별똥별이 사라지다가 거미줄에 걸린다
버려도 버려지지 않는 나의 비굴한 과거와
기다려도 오지 않는 나의 비겁한 미래가
거미줄에 걸려 흔들린다
기다리기 전에 언제나 나를 찾아오던
사랑하기 전에 언제나 나를 사랑하던
당신과 그토록 함께 보내고 싶었던
눈부신 제야의 밤하늘에
죄 많은 인간의 종소리만 거미줄에 걸린다

헌화(獻花)

수서역에서 대모산 산길로 오르면
주인 없는 무덤들
무주총(無主冢) 몇개
하나는 봉분 위에 소나무 한그루
깊게 뿌리를 내리고
또 하나는 등산객들이 밟고 지나가
봉분 위로 길이 나고
또 하나는 반쯤 허물어져
폭우가 쏟아지면 곧 관이 드러날 듯하지만
아무도 무덤 앞에 꽃을 바치지 않는다
나는 이 세상의 모든 꽃을 모아
그동안 아름다웠으나 버려졌던 꽃들을 모아
세상 모든 무주총을 찾아가 꽃을 바친다
사랑하는 당신에게 바치듯
마지막으로 큰절을 하고

별똥별

나는 견인되었다 지구 밖으로
다른 사람보다
너무 오래 살았다는 이유만으로
이웃을 사랑하지 않으면서도
사랑한다고 말했다는 이유만으로
돈도 못 벌면서
밥을 많이 먹었다는 이유만으로
화장실에 가서
남보다 똥을 많이 누었다는 이유만으로
지구 밖으로 견인되어
별똥별이 되었다

별의 꿈

별똥별이 떨어지는 순간
별에게 납치되었다

인간의 성자 이태석 신부님이
별이 된 뒤 외로워서
나를 납치하신 것일까

별똥별이 사라진 하늘 숲속에
나는 지금 이슬처럼 잠들어 있다

이태석 신부님과 함께
지상의 별똥별로 다시 태어날
별의 꿈을 꾸고 있다

이상(李箱)의 집

이상의 집에는 어둠이 빛이다
서울 종로구 통인동 골목
시인 이상의 집에 가면
하늘로 걸어 올라갈 수 있는 계단이 있다
묵직한 철문이 열리고
캄캄한 쪽방의 좁은 계단을 오르면
서촌마을의 오래된 지붕들과
인왕산 하늘을 지나 더 높은
인간의 하늘로 올라갈 수 있다
나는 종이컵에 따른 냉수 한잔을 들고
하늘로 가는 계단을 올라
하늘로 올라갔다
왜 하늘의 어둠이 빛으로 빛나는지
왜 인간에게 사랑의 어둠이 깊어가는지
이상을 만나 질문하기 위하여

낙석(落石)

저 높은 산정에서 굴러떨어질 때
나는 빵이 되어 굴러떨어진다
한조각 빵을 얻기 위해 평생을 헤매는
먹어도 먹어도 돌아서면 배고픈 당신을 위해
부드러운 식빵이 되어 굴러떨어진다

저 높은 산정에서 굴러떨어질 때
나는 의자가 되어 굴러떨어진다
이 세상 그 어디
단 한번이라도 편히 앉아 쉴 곳이 없었던
당신의 고요한 의자가 되어 굴러떨어진다

장마가 그치고 가을이 와도
때로는 지금보다 더 높은 산정에서
나는 새가 되어 굴러떨어진다
길 없는 길을 걸어가는 당신이
어딘가로 회향(回向)의 길을 떠날 때
한마리 새가 되어 당신에게로 날아간다

낙심(落心)

부석사 사과밭
아직 덜 익은 한알의 사과로 땅에 툭 떨어져
마음은 죄인이 되어 어디로 가나

늦가을 높은 나뭇가지 끝
노랗게 익은 한알의 모과로 땅에 툭 떨어져
마음은 흙이 되지 못하고 어디로 가나

낙심하지 말거라 아버지 말씀
괜찮다 다시 해봐라 어머니 말씀
비가 오나 눈이 오나 잊은 적 없어도

마음은 절벽 아래로 굴러떨어진다
죽을 때가 될 때까지 단 한번도
원수를 사랑한 적 없어
낙산사 의상대 벼랑 아래로 떨어진다

바다에 누워
삼각파도에 부딪치고 부서지고 떠밀려

마음은 어디로 가나
당신을 만나러 수평선 너머 무인도로 가나

천사의 메모

천사도 인간을 증오할 때가 있다
인간이 인간을 증오하고 끊임없이
서로 죽이는 것을 보면
우크라이나 어린이들까지 무참히 죽이는 것을 보면
천사도 인간을 닮아
증오심이 가득한 천사의 마음을 지닐 때가 있다
인간을 위한 천사이기를 포기하고
인간을 위해 결코 울지 않을 때가 있다

천사의 말

나를 만나려거든 신새벽에 서울역 지하도로 오라
노숙자들이 기대 잠든 기둥과 기둥 사이에 나는 있다
나를 만나려거든 남대문시장 순댓국밥집으로 오라
순댓국밥에 소주잔을 기울이는 허름한 사내의
눈물 속에 나는 있다
나를 만나려거든 명동성당 입구 돌계단 앞으로 오라
계단 앞에 엎드린 걸인의 플라스틱 바구니 속에 나는 있다
나를 만나려거든 퇴근 시간에 붐비는 지하철을 타고 오라
종착역까지 하모니카를 불며 구걸하는
시각장애인의 구슬픈 노래 속에 나는 있다
나를 만나려거든 지하철 공중화장실 청소도구함으로 오라
남자 소변기를 청소하는 여성 미화원의 걸레 속에 나는
있다
나를 만나려거든 구급차가 막 도착한 응급실로 오라
심정지 상태에 놓인 청년의 심장 속에 나는 있다
나를 만나려거든 배고픈 길고양이들이 서성대는 다세대
주택
쓰레기봉투가 버려진 골목으로 오라
골목 끝 보도블록 틈새로 피어난 풀잎 속에 나는 있다

프란치스코의 집

노숙인 프란치스코의 집에는 프란치스코가 없다
노숙인 프란치스코가 사는 집에는 집도 없다
비 오는 날이면 서울역이 그의 집이다

늦은 밤 사람들이 기차에서 내리면
그들이 끌고 가는 여행 가방이 그의 집이다
가방이 가는 곳을 따라 지하철을 타면
서울이 다 그의 집이다

그러나 서울 어느 곳에도 그의 집은 없다
그의 집은 그의 등에 매달려 있다
그가 지고 다니는 무거운 배낭이 그의 집이고
배낭 끝에 매달린 검은 우산이 그의 지붕이다

그는 가끔 거리의 가로수가 되어 비를 맞고 서 있다
어떤 때는 빗물이 되어 서울의 하수구로 흘러간다
가슴에 묻은 아들과 하수구에서 오래 살다가
멀리 한강 하구까지 흘러갈 때가 있다

나에게 하는 질문

그때 너는 어디에 있었느냐
어디에 숨어서 나를 외면하였느냐
내가 아파 돌멩이를 들고 너를 찾을 때
간절히 너의 이름을 부르며 광화문으로 달려갈 때
너는 어느 빌딩과 빌딩 사이에 숨어 있었느냐
어느 골목과 골목 사이에 숨어 담벼락이 되었느냐
밤하늘에 뜬 낮달을 쳐다보고
남대문시장에서 빈대떡에 소주나 마시고 있었느냐
겨울바람이 군홧발로 나를 짓이길 때
남영동 대공분실에서 내가 물고문을 당할 때
분신(焚身)의 불꽃이 서울의 하늘을 붉게 물들일 때
너는 어디에다 입을 파묻고 침묵하였느냐
무엇으로 귀를 잘라 땅바닥에 내동댕이쳤느냐
아직도 내 청춘의 최루탄은 터지는데
최루탄에 피 흘리며 허리 꺾여 쓰러지는데
너는 어디에 숨어서 나를 외면하였느냐
끝내 나를 한번 찾아오지 않고
외로운 내 무덤에 술 한잔 건네지 않고
어디에서 너 혼자 울고 있었느냐

타종(打鐘)

내 가슴에 종각이 한채 있었다
언제부터인가 종도 없이 텅 빈 종각이 세워져
집 없는 사람들이 찾아와
소주를 마시며 비를 피하곤 하더니
어느 날 보신각종 같은 종이 하나 매달려 있었다
나는 내 가슴의 종소리를 듣고 싶었다
종소리에 내 눈물을 실어
멀리 수평선 너머로 보내고 싶었다
아무리 기다려도 나를 찾아와 종을 치는 사람은 없었다
석가모니와 예수의 제자들도 나를 찾아오지 않았다
해마다 제야(除夜)가 되어도 종을 치러 오는 이가 없어
누군가가 종을 치러 오기를 평생 기다리다가
나는 그만 눈멀고 귀먹은 노인이 되고 말았다
종각은 단청이 벗겨지고 지붕과 기둥이 삐걱거렸다
지금 종을 치지 않으면 내 종소리를 들을 수 없을 것 같았다
나는 다른 사람이 종을 치러 오기를 기다리지 않고
내가 힘껏 종을 쳤다
종소리에 가슴이 와르르 죽음처럼 무너졌다
내 가슴의 종각에 매달린 종을 한번 울리는 것

그것이 내 인생의 전부였다

대못

인간의 가슴에 못 박히고 싶지 않다
그 누구보다도 어머니의 가슴에 못 박히고 싶지 않다
일찍이 청년 예수의 손발에 박혀
그의 어머니의 가슴에 깊이 못 박힌 일을 아직도 용서받
지 못하는데
인간의 가슴에 피를 흘리게 하고 싶지 않다
인간의 목소리로 비명을 지르게 하고 싶지 않다
그러나 지금도 탕탕 나를 못질하는 소리가 들린다
아들이 아버지를 배반하고 늙은 아버지의 가슴에 못 박는
소리가
아흔 노모를 두고 일흔 아들이 먼저 세상을 떠나고
늦은 밤 친구와 한강으로 놀러 간 아들이 끝내 돌아오지
못하고
어머니의 가슴에 못 박히는 소리가 소리 없이 들린다
사람들은 가슴에 대못이 박히면 나를 원망하지만
그것은 내 잘못이 아니다
나는 슬픈 인간을 더욱더 슬프게 하고 싶지 않다
만일 내가 지금도 당신의 가슴에 못 박혀 있다면 엎드려
사죄드린다

나는 당신의 가슴보다 흙바닥에서 흙과 함께 살길 원한다
비가 오면 빗길에 눈이 오면 눈길에 파묻히길 원하고
가끔 나무의 가슴에 못 박혀
인간의 집을 짓게 되길 바랄 뿐이다

뒷골목

사랑은 뒷골목에서 이루어진다
이별도 뒷골목 모퉁이를 돌아서면서 이루어지고
배반도 뒷골목 담벼락에 주먹을 내리치면서 이루어진다
눈물도 뒷골목 전신주에 기대어 흘릴 때가 많다
돈도 뒷골목에서 억울하게 빼앗길 때가 있다
당신도 뒷골목에서 어두운 키스를 할 때가 있었다
최루탄이 터지면 나는 뒷골목으로 숨어들었다
지금도 뒷골목을 걸으면 마음이 놓인다
늘 불안에 쫓기는 검은 그림자의 마음이 편안하다
대낮부터 비틀거리며 뒷골목을 걸어가는 취객도 아름답다
이제는 이루어질 사랑도 이별도 없고
더이상 흘릴 눈물도 돈도 없지만
뒷골목을 걸으면 개들이 꼬리 치며 나를 반긴다
오늘도 쓰레기통 옆에 쭈그리고 앉아
담배를 피우는 할머니 곁에 연탄재처럼 버려져 있다가
늙은 개처럼 뒷골목을 어슬렁거린다
하룻밤 악몽을 꾸지 않고 잠들 수 있는 모텔이 보인다
취중진담 간판을 단 술집도 보인다
짓밟혀도 피어나는 민들레가 아름답다

제 3 부

어제를 기다리며

어제를 기다린다
오늘을 기다리지 않고
어제를 기다리며 아침을 맞이한다

어제를 기다려도 오늘이 온다
오늘 아침에도 어제를 기다리며
어제의 눈물을 위해 기도했으나
오늘이 찾아와 나를 기다린다

어제보다 오늘이 더 두렵다
오늘은 어제를 기다리기 위해 있다
어제 핀 꽃들이 오늘 나를 찾아와
부디 시들지 않기를 바란다

찻잔을 들고

찻잔을 들고 고요히
마음을 담지 못하고
찻잔을 떨어뜨렸네

하늘의 마음은커녕
차를 끓인 당신의 마음조차 담지 못하고
흘러간 마음을 찾아다니다가
그만 찻잔만 떨어뜨렸네

당신을 속이는 일이
나를 속이는 일인 줄도 모르고
내 일생은 당신을 속이는 일로 무척 바빴네

오늘도 찻잔을 들고 고요히
먼 산을 찾아가
산새의 마음도 담지 못하고
찻잔을 깨뜨리고 돌아서 우네

독배(毒杯)

독배는 축복이다
모든 사랑에는 독이 들어 있으나
사랑하는 당신이 주신 독배이므로
별을 우러러
두 손 높이 술잔을 받들어
감사히 독배를 마신다

당신처럼 단순한 존재가 되기 위하여
더 온전해지고
더 단순해지기 위하여
아무것도 원하지 않으면
그 무엇도 두렵지 않으므로
독배의 술잔을 마신다

지금까지 내가 마신 모든 술잔은 독배였으나
언제나 감사한 마음으로
독배를 들면 죽지 않는다
증오의 마음으로
분노의 술잔을 들면 혼자 죽는다

낙법(落法)

내가 당신에게 배운
가장 소중한 가르침은 낙법이었다
당신이 당신의 생애 전체를 기울여
나를 메치고 바닥에 내동댕이치고
어두운 골목길에 쓰러뜨리고
벼랑 아래로 힘껏 떠밀어버린 것도
결국은 나에게 낙법을 가르치기 위함이었다
넘어지면 넘어지면 되고
쓰러지면 쓰러지면 된다는 것을
새가 바람에 자신을 맡기는 것처럼
기차를 타면 기차에 나를 맡기는 것처럼
넘어지면 넘어진 곳에
쓰러지면 쓰러진 곳에 나를 맡기면 된다는 것을
진실로 가르치기 위함이었다
그리하여 넘어져도 제대로 넘어지는 법
넘어져도 다시 일어서는 법을 배우는 데에
내 존재를 다하여
나는 가난한 당신의 사랑이 필요했다

당신을 찾아갔을 때

내가 물을 길어
당신을 찾아갔을 때
당신은 항상 문을 열어주지 않았다
봄이 없는 봄길을 걸어
내가 다시 물지게를 지고
당신을 찾아갔을 때
당신의 문은 항상 굳게 닫혀 있었다
결국 당신을 만나지 못하고
어머니도 없는 빈집에 울면서 돌아와
우두커니 마루 끝에 앉았을 때
비로소 당신은 문을 열어놓고
나를 기다리고 있었다
다시 꽃샘바람이 분다
문이 덜컹거린다
청매화는 아직 피지 않았다
당신은 문을 열어놓는 것이
항상 문을 닫아놓는 것이었다
당신은 문을 닫아놓는 것이
항상 문을 열어놓는 것이었다

만리포

오죽하면 천리포에 있는 너를 만나러
만리포까지 가서 기다리겠느냐
너를 기다리는 일이 나의 일생이 되어
나는 파도 소리에 완전히 귀가 멀었다
바다의 눈부신 포말 흰 물결에
내 푸른 눈마저 어두워지기 전에
너는 성난 파도의 그리움으로 달려오라
지금은 맑은 기도의 시간
무릎을 꿇고 이미 흘러가버린
인생의 시간 앞에 엎드려 속죄하는 시간
거짓으로 진실을 이기려고 했던
진실의 얼굴에 때로는 침을 뱉었던
용서받을 수 없는 용서를 청하는 시간
서로가 서로를 배반함으로써
우리는 사랑의 영원을 배반했으나
오라 썰물을 배반하고 밀물이 질 때
모든 배반의 사랑을 데리고 밀물처럼 오라
오죽하면 천리포의 수평선에 앉아 있는 네가 그리워
만리포의 수평선이 되어 기다리겠느냐

지금 이 순간에도

지금 이 순간에도 당신은
사랑이 분노가 아니라는 사실에 분노할 것이다

지금 이 순간에도 당신은
사랑이 분노의 눈물로 완성되지 않는다는 사실에
더욱더 견고한 분노의 눈물을 흘릴 것이다

드디어 겨울이 가고 봄이 오는 지금 이 순간에도 당신은
엎드려 꽃을 맞이하지 못하고

사랑이 증오가 아니라는 사실을 증오할 것이다
사랑이 상처가 아니라는 사실에 상처는 더욱 깊어질 것
이다

지금 이 순간에도 당신은 저 새와 꽃들에게까지
당신의 사랑이 당신을 배반했다는 사실을 부정할 것이다

어제 횡단보도를 건너가던 이들이 오늘 응급실로 실려
가고

밤늦게 치킨 배달을 가던 한 여자의 남편이
음주 차량에 치여 사망한 지금 이 순간에도 당신은

사랑에는 돈이 필요하다고
필요한 돈을 위해 사랑이 필요하다고
자만과 오만과 이기로 사랑의 얼굴을 화장하고 있을 것
이다

죽음 이후에도 인간은 사랑으로 존재한다는 사실을
사랑이 인간의 적이 아니라는 사실을 부정할 것이다

당신의 그물

당신의 그물이 때로는 오월의 바람으로 따스한 햇살로
장미와 모란과 수수꽃다리의 향기로 엮여 있어도
나는 지금까지 당신의 그물에 걸리지 않으려고 노력해왔다

당신이 아침 일찍 강가에 나와 나를 투망하는 순간
나는 해를 따라 힘차게 강물을 거슬러 올랐으며
때로는 바위틈과 수초 사이로 죄 많은 인생을 감추고
당신의 그물에 걸리지 않기를 간절히 기도해왔다

   비록 당신의 그물이 인간에 대한 사랑으로 엮여 있다 할
지라도
   내가 존재하는 것만으로도 아름답고 감사하다고 그물을
던져도
   나는 당신을 원하지 않는다
   당신은 내가 원하지도 않았는데 왜 나를 위해 십자가에
매달리고
   다시 나를 찾아와 그물을 던지는가

   봄은 왔지만 아침은 오지 않고 밤은 깊어간다

내가 지금 죽는다면 강가의 안개처럼 평화롭게 죽어갈 수는 없을 것이다

차라리 당신의 그물에 걸린 물고기가 되어 다시 살 수 있다면

내 기꺼이 당신의 그물에 걸려 파닥거리며 최후를 맞이할 것이다

그동안 당신의 그물에 걸리지 않으려고 도망쳐 온 것이 내 삶이라면

결국 당신의 그물에 걸려 파닥거리는 것이 내 죽음이라면

당신은 이제 그물에 걸린 죄 많은 나를 버리지는 말아야 한다

모자의 생각

내 모자는 의자에 앉아 있기를 거부한다
못이 박힌 벽에 걸려 있기도 거부한다
옷걸이에 걸려 있기는 더더욱 거부한다

내 모자는 내가 모자를 쓰고 바닷가를 산책하기를 좋아
한다
내 모자는 바다의 수평선 위에 놓여 있기를 좋아한다
갈매기가 되어 수평선 위로 날아다니기를 좋아한다

내 모자는 누가 나에게 돌을 던졌는지 생각하지 않는다
내가 돌에 맞아 검은 피를 철철 흘려도
내 모자는 돌을 던진 사람을 미워하지 않는다

도스토옙스키가 살던 아파트 현관 입구
유리 상자 안에 정성껏 놓여 있는 검은 중절모가
아직도 죄와 벌을 생각하듯이

내 모자는 밤마다 사랑과 증오를 긍정하며 잠이 든다
내가 남을 사랑하지 못해도 내 모자는 남을 사랑한다

내가 분노에 떨며 남을 증오해도 남을 증오하지 않는다
내 모자에는 사랑의 피가 흐른다

봉쇄수도원

세상에서 가장 문이 많은 곳
세상에서 가장 창문이 많아
햇살이 가장 많이 스며드는 곳

아침마다 새들이 드나드는 곳
사람이 새의 손을 잡고 찾아와
평생 새들과 묵고 가는 곳

봄이면 꽃으로 밥을 하는 곳
식사 때면 밥그릇에 꽃을 가득 담아
나눠 먹는 곳
꽃을 먹고도 배가 부른 곳

그리하여 인간이 꽃이 되는 곳
꽃이 인간이 되는 곳
인간이 새가 되는 곳
새가 인간이 되는 곳

진흙이 돌이 될 때까지

돌이 진흙이 될 때까지
인간의 고독이 가장 행복한 곳
인간의 행복이 가장 고독한 곳

희생양

나의 희생양은 거미다
소나기가 와서 급히 창문을 닫는데
그만 창틀에 앉아 있던 어린 거미가 죽었다

나의 희생양은 달팽이다
비 온 뒤 우산을 버리고 양재천을 걷는데
그만 아기 달팽이가 내 구둣발에 밟혀 으깨졌다

나의 희생양은 모기다
노트북을 켜고 책상 앞에 앉아 있다가
문득 벽에 앉은 겨울 모기를 손으로 내리쳤다

나의 희생양은 당신이다
당신은 십자가에 매달려 나의 희생양이 되었으나
나는 아직 당신의 희생양이 되지 못한다

조종(弔鐘)을 울리며

사랑 없는 사랑에게 조종을 울린다
진실 없는 진실에게 조종을 울린다
양심 없는 양심에게 조종을 울린다

당신의 공정하지 않은 공정에게도
평등하지 않은 평등에게도
정의롭지 못한 정의에게도 조종을 울린다

종은 조종을 울리기를 결코 원하지 않으나
감사와 사랑을 남기고 떠나간 당신을 위하여
조종을 울리며 다시 살아가야 할 날들을 기다린다

당신은 서로 사랑하라고 말씀하셨지만
서로 사랑하는 것이 인생이라고 말씀하셨지만
사람들은 인생을 포기하고 사랑하지 않는다

꺼진 촛불을 들고 아직 내일은 오지 않는데
조종 소리를 들으며
도시의 골목마다 검은 함박눈만 내린다

속수무책으로

나는 손이 없다
손의 그림자도 없다
손가락도 없고
손바닥도 없고
결의의 강한 주먹도 없다

손이 없으니
너의 손을 잡아주지 못한다
너의 손을 잡고
함께 걸어가야 할 정의의 길을
걸어가지 못한다

손이 없으니 발도 없다
발이 없으니 길도 없다
길이 없으니 마음도 없다
오직 비겁과 비굴만 남아

이 비겁으로 참고
이 비굴로 견뎌야

오늘 하루도 밥을 얻어먹고
눈물로 살아갈 수 있다
속수무책으로
숨을 쉴 수 있다

나는 납치되었다

아침에 출근할 때마다 나는 납치되었다
검은 승용차에서 내린 몇몇 사내들이
걸어가는 내 목덜미를 낚아채고
자동차 트렁크에 종이처럼 구겨 넣었다

야근을 하고 밤늦게 퇴근할 때도 나는 납치되었다
전동차가 승강장 안으로 들어오기도 전에
몇몇 사내들이 나를 끌고
수서역 터널 속으로 어둠과 함께 사라졌다

나는 납치되는 나를 늘 바라보고만 있었다
내가 납치되는데도 저항할 수가 없었다
길을 가다가도 지하철 승강장 입구에서도
납치되는 나를 물끄러미 구경만 하고 있었다

나는 왜 내가 매일 납치되는지 알 수 없었다
어디로 납치되는지도 알 수 없었다
이튿날 해가 뜨면 오금동 골목 쓰레기 더미나
지하철 종착역 화장실에

손발이 묶인 채 버려져 있는 나를 발견하곤 했다

하루는 그런 나를 그대로 보고만 있을 수 없어
경찰에 신고하려다가 문득 알아차렸다
내가 매일 나를 납치한다는 것을
납치되어야만 내가 매일 아버지라는 인간으로
열심히 살아갈 수 있다는 것을

실패에 대하여

실패는 나의 애인이다
결코 나를 사랑하지 않는 애인이다
나는 애인의 손을 잡지 않으려고
맨발로 도망쳐 왔으나 결국
애인의 손에 목덜미를 잡히고 말았다

나는 전생에서도 실패했다
전생에서도 인간으로 태어나
불행으로부터 멀리 도망치는 일에
최선을 다했으나
결국 실패한테 무릎을 꿇고 울었다

실패한 뒤에는 꼭 비가 온다
우산을 펼치면 우산살 또한 부러져 있다
실패했다고 생각하기 때문에 실패했다는
실패했기 때문에 성공했다는
당신의 말을 나는 믿지 않는다

실패의 부고장은 오지 않는다

신문 부고란에 실패의 별세 소식은 없다
실패는 이제 나의 나다
사랑하지 않는 애인도 애인이다
실패한 사랑도 사랑이다

자살 혹은 타살

당신에게 바치려고
함박눈 내리는 날
내 팔을 잘랐으나
끝내 당신에게 바치지 못하고
눈길에 버렸다

눈은 계속 내리어
피 묻은 내 팔을
눈길에 묻어버린 뒤
당신은 내 팔을 찾으러
평생을 헤매다가
눈길에 쓰러져 죽었다

궁금하다
당신의 죽음이 자살인지 타살인지
너무나 궁금해서
나는 요즘 잠도 못 자고
밥도 못 먹고
화장실도 못 간다

언젠가 서울역 담벼락에 붙은
자살은 타살이다
대자보를 보고
당신을 슬퍼한 적은 있었으나

가까스로

배가 고파도 새는 잡아먹지 말아요
어릴 때 참새를 잡아 모닥불에 구워 먹은 것처럼
아버지가 포장마차에서 참새구이를 안주 삼아
소주잔을 기울인 것처럼

새도 나처럼 가까스로 살아가요
먼동이 트면 나보다 먼저 일어나 하늘을 날아요
어느 시인의 말처럼
새가 자유를 찾아 푸른 하늘을 나는 것은 아니에요
새는 먹이를 찾아 하루 종일 가까스로 하늘을 날 뿐

오늘도 내가 가까스로 밥 한숟갈을 먹듯
새도 가까스로 모이 한알을 쪼아 먹어요
누가 내 밥그릇을 빼앗아갈까봐 열심히 눈치를 보듯
새도 모이를 쪼는 찰나에
고양이한테 잡아먹힐까봐 주변을 수십번도 더 살펴요

몇번이나 죽을 뻔한 내가 가까스로 길을 가듯
새도 몇번이나 죽을 뻔하다가 가까스로 하늘을 날아요

잠들기 전에 내가 두 손 모아 감사기도를 드리듯
새도 어스름이 찾아오면 나뭇가지 가장 높은 곳에 앉아
기도하는 시간을 가져요

약속할 수 없는 약속

이제 당신을 사랑하는 일에 시간을 쓰지 않겠습니다
죽음을 기다리는 시간을 당신을 기다리는 일로 쓸 수는
없습니다
그동안 배고플 때마다 내 가난한 시간으로 식탁을 차렸던
당신
내가 당신한테서 거듭 태어났다고 기뻐했던 일은
먼 과거의 나무가 태풍에 쓰러지듯 쓰러진 일이 되었습
니다

우리가 장례식장 안치실에 나란히 누운 지는 이미 오래
되었습니다
당신을 사랑한다는 까닭만으로 그리웠던 그리움의 그림
자를 태우고
단 한번만이라도 당신을 미워하고 원망하고 증오하겠습
니다
증오가 사랑을 낳지 않도록 무릎 꿇고 간절히 기도하겠습
니다

그칠 것 같은 눈은 새벽이 될 때까지 무릎이 넘도록 쌓였

습니다

당신을 위해 눈길은 낼 수 있어도 당신을 기다리는 길은
내지 않겠습니다

기다림의 첫눈이 첫사랑처럼 찾아와도 당신을 기다리지
않겠습니다

흘러간 일에 오래 묶어놓았던 마음의 매듭을 다시 단단히
묶겠습니다

당신은 단 한순간도 당신을 기다리지 못하게 하셨고

다가가면 다가갈수록 단 한발자국도 내디디지 못하게 하
셨으나

나는 당신의 집 밖에 머무르는 것만으로도 슬프고 기뻤습
니다

창밖으로 들려오는 당신의 숨결 소리를 듣는 것만으로도
눈물이 났습니다

그동안 당신을 사랑함으로써 죄 없는 죄를 참으로 많이
지었습니다

당신을 사랑하는 일은 죄업의 탑을 높이 쌓았다가 허무는

일이었습니다
　사랑에도 사실의 얼굴과 진실의 심장이 있어
　당신 앞에 몸과 마음이 깨끗한 사람이 되었다가 다시 더
러워졌습니다

　이제 죽음이 나를 기다리는 시간이 얼마 남지 않았습니다
　아침에 쓰러질 듯 변기에 앉아 있으면 미운 이도 고운 이
도 없습니다
　이제 당신을 사랑하지도 증오하지도 미워하지도 않겠습
니다
　그래도 죽을 때까지 미워할 사람이 단 한 사람은 있어야
외롭지 않을 것 같아
　당신을 영원히 미워하겠습니다

하룻밤

하룻밤이 저의 일생입니다
하룻밤 쉬어 가라고 말씀해주세요
하룻밤 자고 가라고 말씀해주세요

예전에 용산역이나 서울역에 내리면
하룻밤 쉬었다 가라고 젊은 여인이
다정히 내 손을 잡기도 했는데

시간의 뿌리에서 풀꽃으로 태어나
하룻밤 사이에 시든 나는
이제 하룻밤도 잠들 곳이 없습니다

옷은 한벌밖에 입지 않고
밥은 하루 한끼만 먹어도
밤은 하룻밤도 쉴 곳이 없습니다

이제 하룻밤만 머물게 해주신다면
촛불을 켜고 촛불처럼
속죄의 밤을 밝히겠습니다

헌신짝

나에게는 버려진 기쁨만 있을 뿐이다
나는 오직 버려진 기쁨에 의해 버려져도 버려진 게 아니다
당신도 버려진 나의 기쁨에 의해 나를 버려도 버린 게 아니다

당신은 어느 날
다세대주택 골목 쓰레기통에 나를 버리고 단호히 돌아섰지만
헌신짝이 된 나를 버리고 뒤도 돌아보지 않고 떠나갔지만

당신은 내가 버려짐으로써 얻은 기쁨을 모른다
당신은 나를 버림으로써 영원한 이별이 완성된 줄 알지만
나의 이별은 만남을 위한 기다림일 뿐이다

당신은 나를 버려도 나는 당신을 버리지 않는다
당신이 낡고 해지고 병든 헌신짝이 되어
나를 찾아오기를 기다린다

헌신짝에도 고요한 기다림은 남아 있다

버려짐으로써 얻은 기쁨을 이웃과 나누기 위해
오늘 밤에도 내가 버려진 골목에 달이 뜨기를 기다린다

집을 떠나며

빈집이 되기 위하여 집을 떠난다
집을 떠나야 내가 빈집이 되므로
빈집이 되어야 내가 인간이 되므로
집을 떠나면서 나는 울지 않는다

집과 사람도 언젠가 한번은 이별해야 한다
어제는 내가 집을 떠났으나
오늘은 집이 나를 떠난다
나는 집을 떠날 때 집을 집에 두고 떠났으나
집은 나를 떠나면서 나를 버리고 떠난다

강가에서는 물고기가 강물을 떠난다
물속에 살면서도 목이 말라 뭍으로 떠난다
때로는 강물이 물고기를 떠난다
빈집이 되기 위하여
새도 나뭇가지를 떠난다

나의 빈집에는 이제 어머니도 나도 없다
나의 빈집은 바람이고 구름이다

집을 떠나며 내 목숨의 그림자도
나를 떠난 지 이미 오래다

구름이 많다

나는 구름이 많다
먹구름이 많다
구름이라도 많으니
얼마나 많은 것을 지닌 소유자인가

내 평생의 눈물이 먹구름이 되었는지
나는 천둥도 번개도 많다
벼락도 많아
벼락에 맞아 죽을 때도 있었다

나는 요즘 구름이 돌이 될 때를 기다린다
둥글고 잔잔한 조약돌이 된 구름들
그 조약돌이 깔린 길을
맨발로 당신과 함께
걸어갈 날을 기다린다

그날은 조약돌이 별이 될 것이다
밤하늘에 별들이 빛날 것이다
별이 빛날 때마다

나는 얼마나 많은 밤하늘을 지닌
소유자인가

나의 눈사람

어스름이 찾아온 골목
내가 세워둔 눈사람에게
누가 지나가다가 오줌을 눈다
오줌을 누면서 침을 뱉는다
눈사람의 가슴이 오줌에 녹아내리며
깊은 상처가 어둠과 함께 깊어간다

밤이 지나고 해가 뜬다
눈부신 햇살이 눈사람을 녹인다
눈사람은 미동도 하지 않고
그대로 가만히 있다
자신의 육체가 다 녹을 때까지
가슴 깊이 상처를 안고
물이 되어 고인다

어디선가 날아온 박새 한마리
눈사람의 물을 쪼아 먹는다
고양이도 찾아와 물을 먹는다
나도 목이 말라 엎드려 물을 먹는다

내가 만든 눈사람의 짧은 인생은
바닥의 물이 되었다

제 4 부

녹명(鹿鳴)

어머니의 목소리다
내가 놀던 신천동 골목 끝
땅거미 지는 저녁
막 불이 켜진 전신주
희미한 보안등 불빛 아래
행주치마 입은 채로
밥 먹으러 오너라
손짓하며 소리치던 어머니의
반가운 목소리다
이제는 그 목소리 들을 수 없어
내가 울면서 소리친다
어머니 진지 드시러 오세요
어머니 배고프실까봐
멀리 밤하늘을 향해
달을 보고 소리친다

문신(文身)

새벽에
돌아가신 어머니를 만나
홀연히 일어나
불을 켜고
창을 열고
날카롭게 바늘을 찔러
이마에 새 한마리를 문신했다
문신을 끝내자마자 새는
푸드덕
날개를 펼치고 날아갔다
바늘을 입에 물고
나를 데리고
초승달이 뜬
새벽하늘로

진흙

진흙이 되어 당신이 찾아오셨다
창밖에 바람은 부는데
내다 엄마다 문 열어라
인터폰을 누르고
찬 바람과 함께 성큼 들어오셨다
당신은 나를 한번 안아주지도 않고
머리에 이고 온 천국의 진흙 한동이
내 아파트 일층 베란다에 붓고
꽃밭을 만드신다
아직 봄이 오지 않았는데
머위도 심고 메꽃도 채송화도 심고
어둠이 깃든 창밖을 한참 내다보시다가
다시 진흙이 되어 돌아가신다
가자 이제 엄마하고 같이 가자
나는 신용카드가 든 지갑을 만지작거리며
몇번이나 뒤돌아보다가
아들도 며느리도 출근한 사이에
지갑도 집도 버리고
성큼 당신 뒤를 따른다

이번에는 당신 손을 결코 놓치지 않으려고
당신 손을 꼭 잡고

회초리꽃

매화나무 가지 하나 꺾어 회초리를 만들었다
어머니가 회초리로 나를 매질하듯
인간답게 살아오지 못한 나를 매질하기 위하여
안방에 종아리를 걷고 가만히 서 있었다
아무도 나를 매질하지 않는다
시간을 수돗물처럼 펑펑 써버린 죄
책을 버리고 공부하지 않은 죄
평생 당신을 사랑하지 않은 죄를 벌하지 않는다
어머니
다시 회초리를 들어 사는 게 왜 그 모양이냐고
제발 정신 좀 차리라고
피가 나도록 제 종아리를 때려주세요
간절히 소리쳐도 어머니는 보이지 않는다
나는 종아리를 걷은 채 서서 울먹이다가
어머니가 빨래하던 수돗가에 회초리를 갖다놓았다
봄은 아직 오지 않았는데
오늘 아침 회초리에 매화꽃이 피었다

걸레의 마음

내가 입다 버린 티셔츠를
어머니는 버리기 아깝다고 다시 주워
걸레로 쓰신다
나는 걸레가 되어 집 안 청소를 하고
변기도 닦고
침대 모서리 먼지도 닦아낸다
어떤 날은 베란다에 떨어진 새똥도 닦아낸다
그렇게 걸레가 되고 나서부터는
누가 나더러 걸레 같은 놈이라고 욕을 해도
화를 내지 않는다
더러운 곳을 깨끗하게 청소할 때마다
나를 걸레로 만드신 어머니의 마음을 생각한다
어머니가 돌아가신 뒤에도
나는 다 해진 걸레로서 열심히 살아가면서
평생 나를 위해 사셨던
어머니의 걸레의 마음을 잊지 않는다

어머니에 대한 후회

누나
엄마가 오늘 밤을 넘기시긴 어려울 것 같아
그래도 아직 몇시간은 더 계실 것 같아
봄을 기다리는 초저녁 여섯시
내가 뭘 안다고
인간의 죽음의 순간에 대해 내가 뭘 안다고
여든이 다 된 누나한테
누나
작업실에 좀 다녀올게
급하게 보내야 할 메일이 있어
금방 올게
오늘 밤은 엄마 곁에 계속 있어야 하니까
누나는 말없이 나를 보내고
나는 어머니의 집을 나서 학여울역에서 대청역까지
어머니가 죽음을 기다리는 순간에
한 정거장 지하철을 타고
작업실로 가 메일을 보내다가
갑자기 노트북 자판기에 커피를 쏟듯 마음이 쏟아져
지금 이 순간 혹시 엄마가 돌아가시는 게 아닐까

서둘러 지하철 계단을 뛰어내리는데

호승아 지금 오니

누나의 짧고 차분한 전화 목소리

네 지하철 탔어요 금방 가요

다급히 돌아와 아파트 문을 열자

엄마 돌아가셨다

누나가 덤덤히 잘 갔다 왔느냐고 인사하듯 말한다

미안해요 엄마

얼굴을 쓰다듬으며

사랑해요 엄마

뺨을 비비며

어머니 임종을 지키려고 급히 다녀왔는데

기다려주시지도 않고

영원히 기다려주시지도 않고

봄을 기다리던 어두운 저녁 일곱시

아버지의 기저귀

돌아가신 아버지를 만나
다시 기저귀를 갈아드릴 수 있다면
나 아기 때 엄마가 내 기저귀를 갈아주신 것처럼
종이처럼 가벼운 아버지를 아기 달래듯 달래며
아버지 허리 좀 드세요
괜찮아요 뭘 그리 부끄러워하세요
토닥토닥 아버지를 달래며 환하게 웃어드리겠네
물티슈로 엉덩이를 깨끗이 닦아드리며
늙고 병들면 인간은 기저귀를 차야 한다고
누구나 아기처럼 기저귀를 차야 할 때가 있다고
그럴 때는 자식이 부모의 기저귀를 갈아드린다고
말없이 귓속말로 말씀드리며
아버지 한숟가락만 더 드세요
밖에 봄이 왔어요
사람은 먹어야 살잖아요
싫다고 고개 돌리시는 아버지를 껴안고
미음 몇숟가락 더 잡수시게 하고
흩날리는 벚꽃을 기저귀에 주워 담아드리겠네
땅바닥에 떨어진 목련꽃 그늘도 듬뿍 주워 담아

아버지의 기저귀에서 나는 봄의 꽃향기
아버지라는 아기 냄새를 흠뻑 맡겠네

새에게 묻다

사람들이 자꾸 나를 바보라고 한다
나는 내가 정말 바보인지
너무 궁금해서
우리 집 아파트 베란다 헌식대에
모이를 주다가
어린 새에게 물어보았다
내가 정말 바보냐고
새가 물 한모금 입에 물고
물끄러미 나를 바라보다가
웃으면서 말했다
바보라고
나는 비로소
내가 바보라는 사실을 알아차리고
새들과 함께 맛있게
모이를 쪼아 먹기 시작했다

전당포

하늘의 전당포에 나를 맡긴다
얼마나 줄까

예전엔 소니 트랜지스터라디오나
손목시계를 맡기고
배가 고플 때마다 돈을 빌렸지만
지금은 나를 맡아주기라도 하는 걸까

이제 내 인생도 없는데
그래도 어머니가 그 섬에 미리 가 계시므로

다시는 찾아가지 않을
나를 맡기고 받은 돈으로 뱃삯을 내고
바다에 가야지

통통배를 타고 멀리 울릉도를 지나
독도가 보이는 바다의 수평선에 앉아
울지는 말아야지

가면

내 얼굴은 가면이다
내가 고요히 미소를 띠고
봄길을 걸으며
당신의 야윈 가슴을 힘껏 껴안을 때
그것은 내 가면의 미소다
특히 내가 진실의 눈물을 흘릴 때
눈물로 기도하고 사랑할 때
그것은 내 가면의 뜨거운 눈물이다
나는 나를 속이는 줄도 모르고
평생 나를 속여왔다
당신을 속이는 줄도 모르고
평생 당신을 속여왔다
속지 마라 부디
봄이 오고 꽃이 피면
가면의 얼굴에도 꽃이 핀다
몇해 전 어머니가 돌아가신 뒤 문득
내 얼굴이 가면인 줄 알고 슬퍼했으나
그래도 아침마다 세수하고
길을 나선다

쥐구멍

쥐구멍은 나의 집
내 가난의 집
돈을 찾아서
한평생 쫓기며 도망 다니다가
마지막으로 찾아가 편히 쉴 수 있는
내 눈물의 고요한 방
죽기 전에 꼭 읽어야 할 한권의 책과
한잔의 커피가 놓여 있는
내 피안(彼岸)의 방
막 새끼를 낳은
어미 쥐가 맑은 눈으로 나를 바라본다
돌아가신 어머니가 나를 어루만져주시듯
쥐구멍으로 햇살이 들어와
아기 쥐의 몸을 어루만져주신다
따스하다
이제 억울한 일은 없다
내가 나를 속이지도 않는다
쥐구멍은 나만의 방
내 자유의 집

나무에 대한 책임

용서하시게
인간에 대한 책임을 다하기 위해
나무에 대한 책임을 다하지 못한 나를 용서하시게
나뭇가지 위를 부지런히 오르내리던 개미와
나뭇잎에 맺히자마자 사라져야 했던 아침 이슬과
태풍에 뿌리 뽑힌 채 쓰러진 플라타너스에 대한 책임을
끝내 회피하기만 한 나를 용서하시게
나무와 숲도 구분하지 못하고
사랑과 죽음도 구분하지 못하고
나뭇가지 끝에 내려앉았다 가는 흰 구름의 고독을
나뭇가지 높이 집을 지은 새들의 외로움을 위로하지 못
하고
검은 가방을 들고 다니며 돈을 벌고 밥을 먹느라
뜨겁게 나무 한번 껴안아주지 못하고
물 한번 주지 못한 나를 용서해주시게
나는 이제 구급차를 타고 응급실에 다녀옴으로써
인간에 대한 책임을 다하고
당신의 뿌리 곁에 고요히 흙이 되어 누워
죽음으로써 책임을 다하려고 하네

한여름 날 매미가 울고 소나기가 지나간 뒤
나뭇잎이 더욱 푸르러 찬란해지면
무책임했던 나를 부디 용서하시게

짜장면의 힘

짜장면은 힘이 있다
아버지의 힘이다
짜장면은 장딴지에 꿈틀대던 아버지의 젊은 핏줄이다
핏줄의 힘이다

나는 짜장면을 먹을 때마다 젊어진다
다시 아버지의 아들이 되어 짜장면을 먹고 길을 달린다
아버지가 짜장면을 사주실 때마다 힘차게 더 빨리 달린다

그러나 오늘은 처음으로 짜장면의 힘에 대해 슬퍼해보았다
아버지의 짜장면을 먹던 내가 오히려
늙은 아버지가 되었다

밤하늘은 짜장면처럼 캄캄하다
별들이 민들레 씨앗처럼 흩어진다
서울에 사는 모든 가난한 사람들이 짜장면을 먹다가
손수건을 꺼내 밤하늘의 눈물을 닦아준다

짜장면은 힘이 세다

짜장면을 먹으며 가난도 함께 나누면 가난이 아니다

죽기 전에 맛있는 짜장면을 한그릇 먹고 싶어하셨던 아버지처럼

나도 죽기 전에 짜장면을 먹고 당신을 기다린다

시간의 의자

시간의 의자에 앉아 있으면
의자가 먼저 쓰러질 때가 있다
의자와 함께 땅바닥으로 굴러떨어질 때가 있다

땅바닥에 쓰러지면 땅바닥에 쓰러지면 되고
땅바닥에 굴러떨어지면 땅바닥에 굴러떨어지면 되는데
사람들은 대부분 땅바닥이 되지 못하고
땅바닥에서 얼른 일어나
기어이 의자에 앉으려고 한다

땅바닥에서 고요히 찾아오는 흙냄새
작은 자갈 사이로 고개 내민 어린 풀들의 맑은 웃음소리를
땅바닥에 누워 있어도 듣지 못하고
얼른 의자에 앉아 의자가 되려고 한다

이제 시간의 의자에는
햇살보다 거친 폭풍우가 더 세차게 불어와 앉고
사랑보다 분노가 더 빨리 찾아와 앉고
상처와 증오의 마음이 더 오래 앉아 비켜주지 않는다

나는 아침마다 시간의 의자에 앉아
책을 읽고 밥을 먹다가 화장실에서 희망의 똥을 눈다
시간의 의자는 썩지 않는다
썩어가는 것은 의자에 앉은 인간일 뿐이다

바보

바보는 웃는다
피는 꽃을 보고 웃고
지는 꽃을 보고 웃는다
감나무에 앉은 새를 보고 웃고
마당에 떨어진 새똥을 보고 웃는다
어떤 날은 개똥을 밟아도 웃는다

바보는 늘 웃는다
웃지 않을 때가 없다
지하철 스크린도어에 몸이 끼여도 웃고
아내와 자식이 욕을 해도 웃고
먹고 있는 밥을 빼앗아가도 웃고
물잔을 발로 차버려도 웃는다
어떤 날은 지갑을 잃어버려도 웃는다

바보는 그저 웃기만 한다
나라가 망해도 웃고
혁명이 일어나도 웃고
집에 불이 나도 웃는다

함박눈이 내려도 웃고
눈사람을 보고도 웃고
어머니가 돌아가셔도 웃는다

바보가 바보에게

가난한 부자가 되기보다
부유한 빈자가 되는 게 더 나아요
아무도 길바닥에 돈을 뿌리지 않으면
얼른 돈을 찾아 길바닥에 뿌려요
혹시 그때 첫눈이 내리면 돈을 더 많이 인출해서 뿌려요

누가 대문을 두드리면 열어줘요
도둑이든 누구든 문을 열어주고 라면이라도 끓여줘요
자고 가고 싶다고 하면 자고 가게 해줘요
쓰레기 같은 인생이라고 하면 같이 쓰레기를 주우러 다녀요

누가 광화문에서 꺼진 촛불을 주면 받아요
광화문 골목골목을 돌아다니면서
꺼진 촛불을 자꾸 끄려고 해도 좋아요
촛불을 켠다고 평화로워지는 건 아니에요

어쩌다가 평생에 단 한번 사랑을 하게 되면
사랑은 돈이라고 없는 돈도 다 드려요

사랑도 처음이 끝이고 끝에는 시작이 없어요

누가 바보라고 놀리면 바보가 천직이라고 말해요
바보는 인간이 멸종될 때까지 살아 있어요
그러니까 아무리 배가 고파도
참새나 까치나 직박구리는 잡아먹지 말아요

바보가 되기 위하여

바보가 되기 위하여 당신의 사랑을 사랑하지 않는다
내가 아무리 잘못해도 죽을죄를 지어도
당신이 나를 사랑한다는 사실을 깨닫지 않는다
오늘은 김수환 추기경의 바보야 자화상을 책상 앞에 놓고
나도 바보가 되려고 기도했으나 바보가 되지 않는다
밥 대신 흙을 먹고 커피 대신 흙탕물을 마시고
돌아가신 어머니를 찾아가
왜 나를 사랑하느냐고 화를 내어보아도 바보가 되지 않
는다
주머니가 몇개씩 달린 수의를 준비해도 바보가 되지 않
는다
세상에서 가장 어렵고 힘든 일이
바보가 되는 일이라는 것을 알지 못하고
아무리 바보가 되려고 해도 김수환 추기경처럼
바보가 될 수 없다는 사실을 알아차리지 못하고
바로 지금 이 순간
내가 바보라는 사실을 끝내 알아차리지 못하고
나를 사랑하기 위해 당신이 존재해도
당신을 사랑하지 않는다

은신처

나의 은신처는 지옥
지옥의 카페 구석진 창가
노트북을 켜놓고 앉아
노을이 질 때까지
식은 커피를 들고 있으면
아무도 나를 찾지 못한다
사람들은 내가 진리를 찾아
천국에 가 있는 줄 안다
천국에서 아들딸 낳고
오순도순 재미있게 잘 사는 줄 안다
바다가 보이는 지옥의 카페가
나의 은신처인 줄 모르고
절벽을 때리는 파도를 따라
순간순간 지옥에서 죽었다
살아나는 줄도 모르고
어리석게도 사람들은 내가
일생에 꼭 한번은 찾아가야 할
진리의 카페
창가에 앉아 있는 줄 안다

족쇄

풀어주세요
이제 복종의 날은 끝날 때가 되었어요
해가 지면 무덤에서 내 힘으로 풀 수 있지만
당신을 사랑하기 때문에
오늘도 당신이 풀어주기를 기다리고 있어요

풀어주세요
당신의 족쇄를 찬 내 발목은 이미 허물어졌어요
그동안 복종은 사랑을 주었지만
사랑은 맹종을 가르쳐
이제 며칠만 더 있으면 무릎까지 허물어져
더이상 족쇄를 채울 수 없어요

풀어주세요 부디
사랑에는 반드시 자유가 필요해요
어느 날 내가 청년이었을 때
당신이 내게 족쇄를 채웠으므로
당신이 풀어주지 않으면 아무도 풀 수가 없어요

시간의 뿌리

시계가 멈춘 것을 사람들은 때때로
시간이 멈춘 것으로 여긴다
어느 날 갑자기 시계의 초침이 멈춘 것을
시간이 멈춘 것이라고 여기고 기뻐한다
시간은 멈추지도 고장나지도 잃어버리지도 않는다
시간의 뿌리는 시작도 끝도 없이 항상 뻗어나갈 뿐이다
땅속으로 때로는 지상으로
천국으로 때로는 지옥으로 거대한 뿌리를 드러낸 채
영원히 시간의 나무로 스스로 존재할 뿐이다
강진 다산초당을 올라가다보면
지상으로 뻗어나온 시간의 뿌리를 만날 수 있다
나뭇가지처럼 쭉쭉 뻗어나온 소나무 뿌리를
힘껏 밟고 올라갈 때마다
시간의 뿌리가 얼마나 강인한 아름다움인지 알 수 있다
아무리 많은 사람들이 밟고 올라가도
시간의 뿌리는 썩지도 울지도 소리치지도 않는다
사랑과 고통의 뿌리로
절망과 희망의 뿌리로 영원히 뻗어나가
시간의 나무로 자랄 뿐이다

도끼에게

망설임 없이 힘껏 나를 패다오
날카로운 너의 도끼날이 아침 햇살에 빛나는 순간
있는 힘을 다해 나를 쪼개 내던져다오
백일홍이 핀 해우소 앞마당에 내던져도 좋고
큰스님 계신 좌선실 툇마루 밑에 차곡차곡 쌓아도 좋다
나는 지금까지 한그루 참나무로 자라면서 언젠가는
당신의 장작이 되는 기쁨을 얻으리라 기도해왔다
쪼개진다는 것은 나눈다는 것이다
나눈다는 것은 공손히 나를 바친다는 것이다
그동안 나는 햇빛과 바람과 새들과
흙에서부터 저 밤하늘의 별들까지
모든 것을 얻었는데도 모든 것을 버리지 못하고
이제 당신 앞에 모가지를 길게 드리우고 엎드려 있나니
주저하지 말고 단숨에 그 자비의 도끼로
나 또한 자비의 장작이 되게 해다오
나는 멀리서 밤이슬의 발소리가 들려올 때
산사나 해변에 피운 사람의 모닥불로 타오를 것이다
도자기를 굽는 가마 속에서도 몇날 며칠 타올라
조선의 막사발을 다시 탄생시킬 것이다

큰스님의 법체를 태우는 다비의 불길로
추워 떠는 사람들을 따뜻하게 덥혀주고
영원한 기쁨의 숯이 될 것이다

탈출

눈 덮인 들판을 달려가는
한마리 배고픈 늑대처럼
나를 탈출한 내가 눈 덮인 산야를 달린다

눈보라를 뚫고
불행했던 내 과거가 나를 짓밟아버리기 전에
나를 탈출하지 않으면
나는 이제 인간이 될 수 없다

달려가라
저 눈 덮인 겨울산 높이 치솟은 보름달을 향해
외로운 늑대가 울부짖듯 울부짖으며 달려가
현재의 나를 기다리는 만월이 되라

거친 눈보라를 뚫고 뒤따라 달려오는
내 과거의 늑대떼와 맞서 피 흘리며
오늘의 어린 양들을 바칠 필요는 없다

눈 덮인 산정

날카로운 날개를 펼치고 독수리 한마리
불의했던 과거의 나를 향해 날아올지라도
나는 나를 탈출한다

마음이 없다

마음이 다 떠났다
마음에도 길이 있어
마음이 구두를 신고
돌아오지 않을 길을 떠나버렸다
비가 오는데 비를 맞고
눈이 오는데 눈을 맞고
마음이 먼 길을 떠난 뒤
길마저 마음을 다 떠나버렸다
나는 마음이 떠나간 길을
따라갈 마음이 없다
종로에서 만나 밥 먹을 마음도
인사동에서 만나 술 마실 마음도
기차를 타고 멀리
바다를 보러 가고 싶은 마음도 없다
마음이 다 떠나면
꽃이 진다더니
내 마음이 살았던 당신의 집에
꽃이 지고
겨울비만 내린다

제 5 부

눈길

새벽 창밖에 첫눈이 내렸다
얼른 일어나 밖으로 나갔다
눈길에 작은 발자국이 나 있었다
당신 발자국인가 하고
밤새도록 발자국을 따라 눈길을 걸었다
성 프란치스코와 이야기를 나누던
새들이 내 뒤를 따랐다
어느새 날이 밝았다
고요히 눈이 그쳤다
나는 걸음을 멈췄다
멀리 눈 덮인 나뭇가지 사이로
당신이 발걸음을 멈추고
내게 손짓하는 모습이 보였다
나는 얼른 당신을 향해 달려갔다
순간 눈길의 모든 발자국이 다 사라졌다
성 프란치스코의 새들이 발자국을 물고
멀리 눈길 밖으로 날아갔다

태풍

집이 떠내려간다
어제 떠내려갔는데
오늘 또 떠내려간다
하는 수 없이
신발을 방 안에 들여놓는다
지붕을 때리는 비바람 소리를 들으며
쭈그리고 앉아
물끄러미 신발을 바라본다
가끔 똥을 밟기도 한
다 해진 신발도
물끄러미 나를 쳐다보고 웃는다
태풍에 집이 떠내려가도
열심히 살아야 한다고
서로 웃는다

해 질 무렵

해 질 무렵이면
무거운 것이 가볍다
가벼운 것이 무겁다

해 질 무렵이면
배가 고파도 배부르다
배가 불러도 배고프다

해 질 무렵이면
보고 싶어도 보고 싶지 않다
보고 싶지 않아도 보고 싶다

해 질 무렵이면
좁은 골목길에
텅 빈 물지게를 지고 걸어가는
사람이 아름답다

무거울 때는 가볍게
가벼울 때는 무겁게

흔들리다가 엎어져
텅 빈 물통의 물을
다 쏟아버린 사람이 아름답다

빈집

빈집에는 빈집이 산다
빈집에는 빈집의 가난한 가족들이 산다
장독에는 깨어진 고추장 된장 항아리가
서로의 어깨를 어루만져주고
안방에는 이불장이 이불을 자꾸 개켜주고
벽시계는 잠시 휴식의 시간을 취하고
옷걸이는 아직 바지와 티셔츠를 걸어놓아
빈집에는 사랑하는 빈집의 가족들이 산다
거미가 찬장과 부뚜막 아래로 거미줄을 치고
개미와 귀뚜라미와 어린 쥐들이
아궁이를 들락거리며 서로 다정하다
비가 오면 빗물이 마루 밑으로 들어오고
눈이 오면 눈송이가 마당에 켜켜이 쌓여
빈집은 빈집이므로 아름답다
나는 이제 빈집으로 돌아가는 일만 남았다
사람도 빈집이 되어야 아름다우므로
아름다운 빈집이 되기 위하여
나를 기다리는 빈집으로 돌아가야 한다

단체 사진

봄날에 사진을 정리하다가
젊은 날 찍은 단체 사진을 보고
반갑게 웃다가 울었다
여덟명이 나란히 웃으면서
서로 잘난 척 함께 찍은 사진 속에는
이미 세상을 떠난 이들이
계단 위에 서서 서로 웃고 떠들고 있었다
그들은 도대체 단체로 어디로 간 것일까
밥 먹고 막걸리를 마시고
당구장에 당구라도 치러 간 것일까
삼류 극장에 영화 구경이라도 간 것일까
나만 외로이 두고
늙은 나한테 사진만 남기고
어느 별로 여행을 떠난 것일까
이제 단체 사진을 다시 찍기 위해
그들을 빨리 찾으러 가야겠다
굳이 꽃이 질 때까지
기다릴 필요는 없다

마지막 순간

당신을 만난 지금 이 순간이
당신을 만날 수 있는
마지막 순간인 줄 알지 못하고

당신을 포옹하고 있는 지금 이 순간이
당신의 심장과 나의 심장이 포개져 힘차게
봄비처럼 부드럽게 뛰는
마지막 순간인 줄 알지 못하고

당신이 건네는 맑은 미소와
내 손을 잡고 나누는 따스한 감사와 평안이
백매화로 피어나는 지금 이 순간이
당신과 나의 마지막 순간인 줄 알지 못하고

해가 저물어도 내일 다시 해가 뜨듯이
내일 다시 당신을 만나리라 굳게 믿었던
내일은 사라지고

당신의 장례식장을 찾아가 꽃을 바친다

그때가 당신을 만날 수 있었던
밥을 먹고 차를 나누며 사랑할 수 있었던
마지막 순간이었다고

구급차 운전사가 바라본 새벽별

봄날 새벽에 응급 환자를 싣고
사이렌 소리를 울리며 도심을 달릴 때
문득 차창 너머로 바라본 새벽별은
임종의 순간을 맞이한 인간의 슬픈 눈동자
사랑하기 때문에 고통스러운 이별의 푸른 눈동자
보호자가 무심코 들고 온
더이상 신을 필요가 없는 응급 환자의 신발에
새벽별의 눈물이 가득 고인다
사랑과 죽음의 완성을 위해
밤하늘이 사라져 보이지 않을 때까지
용서의 눈물로 떠 있는 새벽별

무꽃이 지기 전에

당신이 떠나간 뒤 가을무를 잘랐어요
뿌리 부분을 잘라 물을 붓고 그릇에 담았어요
무꽃이 피기 전에
당신이 돌아오시리라 굳게 믿으며
무꽃이 지기 전에
당신이 돌아와 나를 용서하시리라 굳게 믿으며
창가에 무꽃이 피기를 기다렸어요
부디 돌아와주세요
용서받아야 할 내가 오히려
당신을 용서한 것을 용서해주세요
남을 용서하지 못하면 내가 죽는다기에
내가 살기 위해서라도 당신을
용서한 일을 용서해주세요
오늘은 당신을 만나러 흰나비가 찾아왔어요
오늘도 죽지 마시고 내일도 죽지 마시고
부디 창가에 무꽃으로 피어나
나를 용서해주세요

물이라도 한잔

물이라도 한잔 주시지 않고
이제는 그냥 돌아가라고 한다
당신을 만나기 전부터 당신을 사랑했으므로
당신은 없으면서도 내 안에 늘 있었으므로
당신이 주시는 물이라도 한잔
감사히 들이켜고 싶었으나
지금 있는 이 자리에서 그대로 돌아서서
다시는 문을 두드리지 말라고 한다
언제나 나를 위해 함께 울던 당신이
이제는 나를 위해 울지 않는다는 것을 잘 알면서도
당신의 문 앞에서 발걸음이 떨어지지 않는다
당신을 위해 흘린 내 평생의 눈물은
아직 마르지 않았는데
만나면서도 늘 만날 수 없었던 당신을 위해
잠 못 이루는 밤은 깊어가는데
오늘도 용서받지 못하고 목이 마르다
용서할 수 없는 것을 용서하느라 목이 마르다
새벽이 오기 전에 당신의 물이라도 한잔
새벽별이 스러지기 전에 물이라도 한잔

임의동행

내 팔을 놓으세요
왜 나를 잡아끄는 거요
도대체 내가 뭘 잘못했다고
어디로 끌고 가는 거요
내가 뭘 잘못했다고

나는 그들에게 끌려가면서도
그동안 밥을 너무 많이 먹고
똥을 너무 많이 누고
아직 살아 있다는 것이
잘못이라는 것을
잘 알면서도 소리친다
모깃소리처럼
끌려가지 않으려고

부르심

누가 나를 부른다
아침부터 밥도 먹기 전에
돌아가신 어머니가 나를 부르나 싶어
뒤돌아봐도 아무도 없다

또 누가 나를 부른다
뒷골목에 저녁 어스름이 지는데
돌아가신 아버지가 나를 부르나 싶어
얼른 뒤돌아봐도 아무도 없다

저녁을 먹고 거실에 앉아
TV 뉴스를 보다가 잠깐 졸았다
검은 창밖에서 누가 또 나를 불렀다
창문을 열었다
아무도 없다

새벽에는 비가 왔다
빗속에서 누가 또 나를 불렀다
빗소리인가 싶어 얼른 창문을 열었다

새소리가 들렸다

나는 누가 나를 자꾸 부르는지
그제야 알아차리고
벌떡 자리에서 일어나 무릎을 꿇었다
부르시면 가야 한다
당신이 부르시는 소리는 새소리를 닮았다

시시각각(時時刻刻)

시시각각 누가 나를 찾아온다
얼른 달려가 문을 연다
아무도 없다
문을 닫고 들어와 다시 책상에 앉아
노트북을 켜자마자 누가 또 나를 찾아온다
얼른 일어나 현관문을 연다
아무도 없다
누구세요 하고 물어보아도 아무런 대답이 없다
누군가 나를 찾아오는 발소리가
누가 나를 부르는 소리가 분명히 들리는데
문을 열면 아무도 없다
그래도 시시각각 달려나가 문을 연다
하루에도 수백번 수천번씩
헤아릴 수 없을 정도로
어두워질 때까지
급히 문을 열어주러 나가다가
나는 그만 쓰러진다
문밖엔 계속 눈이 내린다

일몰

나에게도 발을 씻어야 하는 슬픈 시간이 찾아왔다
깨끗이 발을 씻고 새 옷을 갈아입고
당신이 찾아오기를 기다려야 하는 시간이 찾아왔다

그동안 해가 지면 기쁜 마음으로 당신의 발을 닦고
당신의 발에 입을 맞추었으나
오늘은 나의 발을 닦고 고요히 당신을 기다린다

해는 지고 노을 속으로 새 한마리 날아간다
나는 사라질 때까지 사랑하는 것을 두려워하지 않는다
일몰의 순간에 굳이 일출의 순간을 생각할 필요는 없다

일몰의 아름다움이 없으면
일출의 아름다움 또한 존재하지 않으므로
일생에 단 한번 일몰의 아름다움을 위해 두 팔을 벌린다

오늘도 당신을 기다리는 일몰의 순간은 찬란하다
결국 모든 인간이 아름다운 까닭은
일몰의 순간이 아름답기 때문이다

수의(壽衣)

내 수의를 내가 입기로 했다
평소에 내 옷을 내가 입었듯이
수의도 나 스스로 입기로 했다
도대체 남이 입혀주는 것은
마음에 들지도 않고 믿을 수도 없다
평소 즐겨 입던 감색 양복에
검붉은 넥타이를 단정히 매면
수의를 입는 데 큰 불편함은 없을 것이다

만일 평소 입던 양복을 입지 못하고
안동포로 만든 수의를 입어야 한다면
나는 수의를 두번 이상 입기로 했다
수의를 두번 입는 사람은 없지만
누구나 일생에 오직 단 한번만 입지만
애써 마련한 수의를 단 한번만 입는다면
그 비싼 옷이 너무 아깝지 않은가

수의도 주머니가 달린 수의를 입을 것이다
원래 수의에는 주머니가 없지만

그동안 내가 받은 사랑을
양쪽 주머니에 듬뿍 넣어 갈 것이다
내가 용서하지 못한 용서는 물론이고
나를 용서해야 할 사람이
용서하지 못한 용서도 넣어 갈 것이다

마지막 순간

싸락눈 내리던 날 집을 나와
함박눈 내리는 날 집으로 돌아갔으나
집이 없다
집이 나를 기다려주지 않고 돌아가셨다
집을 나오던 그때가 바로 마지막이었다

돌아가신 집을 다시 나왔다
함박눈은 계속 퍼붓고
아무 데도 갈 데가 없다
함박눈이 내리는 하늘의 길은 있어도
내가 가야 할 인간의 길은 없다

사람들은 모든 마지막 순간을
마지막 순간이 지난 다음에야 알아차린다
잠깐 다녀오겠다고 집을 나서던
바로 그 순간이 마지막이었음을

잘 갔다 오라고 손을 흔들고
어깨에 쌓인 눈을 가볍게 털어주던

그때가 바로 마지막 순간이었음을
뒤늦게 알아차리고 눈을 감는다

발버둥

발버둥 치지 않겠습니다
초등학생 때 포항 송도 앞바다에 빠졌을 때처럼
더이상 발버둥 치지 않겠습니다
당신이 또다시 나를 데리러 오시면
그 검은 손으로 내 목덜미를 낚아채시면
발버둥 치지 않고 조용히 따라가겠습니다
강물은 발버둥 치면서 흐르지 않고
꽃은 발버둥 치면서 지지 않고
새도 발버둥 치면서 하늘을 날지 않는데
죄송합니다
그동안 당신이 나를 데리러 오실 때마다
밥을 더 많이 먹고
사랑을 더 많이 하고 싶어서
당신을 따라가지 않으려고 발버둥 친 나를 용서해주세요
오늘은 발버둥 치는 제 발을 없애버렸습니다
먹던 숟가락과 밥그릇과 찻잔도 버리고
그곳이 비록 연등이 꺼진 지옥이라 할지라도
오직 감사하는 마음으로
당신이 끌고 가는 곳으로 끌려가겠습니다

관 뚜껑에 대하여

한번은 꼭 닫아야 한다
한번은 꼭 닫힌 후 열리지 않아야 한다
열리지 않고 썩어야 한다
흙 속에서 또는 화장의 불길 속에서 불타야 한다
관 뚜껑을 닫고 망치로 탕 쳤을 때
맑은 소리가 나면
그 사람은 인생을 잘 산 사람이라는데
누가 그런 사람을 보았는지 궁금하다
혹시 내가 그런 사람이 될 수 있을까
궁금해하다가
혼자 피식 웃으면서
그만 일괄 소등 스위치를 눌러버린다
캄캄하다
모든 뚜껑은 열리기 위해 어둠 속에 닫혀 있으나
관 뚜껑은 닫히기 위해 아침부터 반쯤 열려 있다
영원히 닫히기 위하여
한번 닫히면 영원히 열 수 없도록 하기 위하여
나도 어머니의 관 뚜껑을 닫은 후
아직 단 한번도 열어본 적이 없다

마침기도

용서받지 못한 더러운 마음으로
아직 마침기도를 할 때가 아니다
그동안 거짓말한 날들이 너무 많아
거짓말의 거짓말까지 하다가 해가 졌으나
아직 용서받지 못한 짐승 같은 마음으로
마침기도를 위해 두 손을 모을 때가 아니다
언제나 나를 용서해주시던 어머니 앞에
무릎을 꿇고 거짓의 혀를 자르고
마음이 강물처럼 깨끗해질 때까지
강가에 나가 당신의 용서를 기다려야 할 때다
이제 해가 지고
강물 소리가 들리고 저녁별이 떴으나
마음은 물결처럼 흐르지 않는다
저녁별이 새벽별로 강물에 빛나건만
용서받지 못한 마음은 오직 더러워질 뿐이다
오늘도 내가 어디서 왔는지도 모르고
어디로 가야 하는지도 모르고
어두운 강가에 앉아 멀리 조약돌만 던진다

당신의 눈물

아마도 당신은 눈물을 그치지 않을 것이다
내가 당신의 눈물을 닦아주고 떠나도
당신은 내 눈물이 되고 말 것이다

아마도 당신은 나를 따라오지 못할 것이다
당신이 아무리 나를 따라오려고 해도
당신의 발걸음이 느려서라기보다
지옥에서 불어오는 바람이 나를 데려가기 때문이다

바람이 강하게 불어오는 날
나는 바람을 향해 흙을 집어 던질 것이다
바람이 흙먼지를 일으키며 내 얼굴을 덮을 것이다

나는 눈이 멀고 가슴이 무너져 흙이 될 것이다
흙이 된 나를 아무도 알아보지 못할 것이다
당신도 나를 알아보지 못하는 순간
아마도 당신의 눈물은 그칠 것이다

용서에 관한 단상

죽음은 용서가 아니다
죽음이 용서를 완성하지 않는다
내가 용서하지 못하는 이가 죽으면
용서할 수 있을 줄 알고 기다렸으나
아니다 그게 아니다
고인이 되어도 용서할 수 없다
그는 죽어 흙이 된 지 이미 오래되었으나
바람이 불면 흙먼지를 일으키며 나를 괴롭힌다
잠이 오지 않는다
누구의 잘못인가
죽음을 사랑하지 못하는 나의 잘못인가
그의 죽음이 아니라
나의 죽음이 용서를 완성하는 것인가
진실로 사랑이 단순한 것이라면
용서도 단순한 것이라야 한다
봄이 와도 연등 아래 사람은 죽고
용서하지 못하는 마음은 살아 꽃을 피운다

마지막 기도

파르르 분노에 떨며 주먹이 칼이 되던
모든 순간은 꽃이 되기를
절망의 벽을 내리치며
벽과 함께 와르르 무너져 내려
잠 못 이루던 순간은 모두 바람이 되기를
시궁창 바닥 같은 내 혀끝에 고여 있던
모든 증오와 보복의 말들은 함박눈이 되기를
의상대 소나무 가지 끝에 앉아 눈을 맞으며
동해를 바라보던 작은 새처럼
인내는 웅크린 눈송이가 되어
흙의 가장 깊은 뿌리에 가 닿기를
창밖에 추적추적 겨울비가 내리고
커피 물 끓이는 동안 겨울이 지나가고
다시 봄이 오지 않아도
결코 용서할 수 없는 용서에도
붉은 진달래가 피어나기를

나의 소원

내가 죽기 전에 꼭 한번 해보고 싶은 일은
철도 기관사가 되는 일이다
서울역에서 승객이 가득 탄 기차를 몰고
멀리 여수나 목포로 떠나는 일이다
신의주로 양강도 백두산으로 떠나는 일이다
내가 가지 않으면 안 되는
언젠가 꼭 한번은 가보고 죽어야 하는
인간의 진리의 길을 향해
침목을 깔고 나만의 선로를 놓아
세상 사람들 모두 잠든 새벽에
기관실에 높이 앉아 바다를 향해 달리는 일이다
차창을 스치는 갈매기와 섬들에게 손을 흔들고
바다에 내린 승객들로 하여금
수평선 위를 하루 종일 산책하게 하는 일이다
무인도에도 잠시 머물러
인생의 썰물과 밀물을 오랫동안 바라보게 하고
어느 봄날에 다시 기차를 몰고
평양을 지나 백두산역을 향해 달리는 일이다
백두산이 보이는 기관실에 높이 앉아

천지의 깊고 고요한 물결 소리를 듣는 일이다
승객들 모두 천지의 물가를 산책하게 해서
저마다 가슴속에 하나씩 천지를 담아
백두산처럼 높고 푸르게 살아가도록 하는 일이다

새해의 기도

올해도 저를 고통의 방법으로 사랑해주세요
저를 사랑하시는 방법이 고통의 방법이라는 것을
결코 잊지 않도록 해주세요
그렇지만 올해도 견딜 수 없는 고통은 허락하지 마소서

올해도 저를 쓰러뜨려주세요
다시 일으켜 세우기 위해 쓰러뜨리신다는 것을 이제 아오니
올해도 저를 거침없이 쓰러뜨려주세요
그렇지만 다시 일어날 수 없을 정도로 쓰러뜨리지는 말아주소서

올해도 저를 분노에 떨지 않게 해주세요
아무리 억울한 일을 당해도 두 주먹을 불끈 쥐고 분노하기보다
기도하는 것이 더 낫다는 것을 깨닫게 해주세요
그렇지만 분노를 가라앉힐 수 없을 정도로
억울한 일은 당하지 않게 하소서

올해도 저에게 상처 준 자들을 용서하게 해주세요
용서할 수 없어도 미워하지는 않게 해주세요
그렇지만 용서할 수 없을 정도로 상처받지 않게 해주소서
무엇보다 저 자신을 용서할 수 있도록 도와주소서

사라질 때까지 사랑하기

이성혁

염무웅 평론가는 "세계와 자아의 윤리적 대결의 문제야말로 정호승 문학을 일관되게 이끌어나가는 주제"(정호승 『나는 희망을 거절한다』, 창비 2017, 해설)라고 말한 바 있는데, 필자 역시 이에 동의한다. 시력(詩歷) 50년에 이르는 동안 정호승 시인은 줄기차게 시적인 자기성찰을 보여주었다. 이 시집『슬픔이 택배로 왔다』역시 '윤리적 대결'을 펼쳐 보인다. '윤리적 대결'의 대상은 삶의 굴곡에 따라 달라질 터인데, 이 시집에서 정호승 시인이 대결하는 대상은 '죽음'이다. 여기서 죽음은 관념적인 것만은 아니다. 시인은 사랑하는 부모님의 죽음을 경험하였고, 자신에게도 역시 죽음이 다가오고 있음을 '시시각각' 감지하고 있다. 이 죽음의 세계를 어떻게 받아들여야 하는가를 사유하는 것, 다시 말해 죽는 법 ― '낙법' ― 을 찾아내고자 하는 것이 이 시집이 보여주는 정호승 시인의 시적 윤리다.

시집 첫머리에 실린 「낙과(落果)」에서 시인은 "내가 땅에 떨어진다는 것은/책임을 진다는 것이다"라고 말한다. 이 책임이란 '햇빛' '바람' '인간의 눈빛'과 같은 타자에 대한 것이다. 타자에 대한 사랑이 없으면 책임을 지지 않는다. 그러므로 책임을 다한다는 것은 사랑하는 행위이며, "떨어진다는 것"은 "당신을 사랑한다는 것"과 같다. "떨어진다는 것"이 죽음을 의미한다는 사실은 "당신의 뿌리 곁에 고요히 흙이 되어 누워/죽음으로써 책임을 다하려고"(「나무에 대한 책임」) 한다는 진술에서도 알 수 있다. 책임을 지는 행위로서의 죽음. 어떻게 '땅에 떨어진다는 것=죽음'이 타자에게 책임을 다하는 행위가 될 수 있을까. 땅에 떨어진 것이 흙과 섞일 때 그것은 새로운 생명의 근원이 될 수 있기 때문이다. 땅에 떨어진 사과가 흙과 섞이면서 새 사과나무의 뿌리가 되듯이. 그래서 시인은 "어머니를 땅에 묻은 것도/구근을 심은 것"이며 "내가 죽어 땅에 묻히는 것도/구근을 심는 것"이라고 말한다(「구근을 심으며」). 그렇기에 "내가 이 땅에 떨어진 것은 오로지 너를 위해서"이며 "나는 지금 너를 위해 죽음을 기다리고 있는 것"이다(「낙곡(落穀)」). 삶은 죽음을 준비하고 죽음은 삶을 낳는다.

이에 죽음은 삶의 아름다움을 실현한다. "죽고 싶을 때가 가장 살고 싶을 때이므로/꽃이 질 때 나는 가장 아름답다"(「매화불(梅花佛)」)는 것. '죽고 싶다'와 '살고 싶다'의 역설적

긴장이 아름다움을 낳는다. 그래서 피는 꽃보다 지는 꽃이 찬란하다. "눈보라처럼 휘날리는" 벚꽃의 "꽃잎에/봄의 슬픔마저 찬란"하다(「꽃을 따르라」). 이러한 시적 진술이 죽음을 찬미하는 '죽음의 미학'을 보여주는 것은 아니라는 데 유의해야 한다. 그와는 반대다. 죽음의 미학이 허무주의를 바탕에 두고 파시즘으로 향하는 경향이 있다면 정호승 시인은 생명을 바탕으로 죽음을 생각하는 시적 윤리를 보여주기 때문이다. 이에 따르면 죽음은 타자의 생명이 새로 돋기 위한 바탕을 마련하기에 아름다울 수 있다. 죽음의 아름다움은 소멸하는 데에서 현현하는 것이 아니다. 죽음이 타자를 살릴 수 있을 때 죽음의 아름다움은 현현한다. 하여 '나' 역시 타자를 위해 어떻게 죽을 것인지, 그래서 어떻게 남은 삶을 아름답게 살아나갈 수 있을지 준비해야 한다.

'나'는 어떻게 하면 땅에 잘 떨어져서 흙과 섞여 '구근'이 될 수 있을 것인가. 아래의 시는 그 질문에 대해 찾아낸 답 중의 하나를 보여준다.

흙탕물이 흙탕물 그대로 있기를 바란다
내 일찍 당신과 만나 한 몸을 이루었듯
흙탕물도 흙과 물이 만나 한 몸을 이루어
서로 사랑하고 미워했을 뿐
흙은 물을 만나 더러운 흙이 되는 게 아니다

물은 흙을 만나 흐린 물이 되는 게 아니다
흙탕물이 튀어서 내 마음이 더러워진 적은 없다
한때는 분노와 증오의 붉은 흙탕물이 되어
내가 썩어간다고 생각했으나
이제는 흙탕물이 흙탕물 그대로 있는 게 아름답다
모내기를 끝낸 저 무논을 보라
물은 흙탕물이 될 때 비로소 흙에서 어머니를 만난다
흙은 흙탕물이 될 때 비로소 물에서 모를 키운다

—「흙탕물」부분

 흙 속에 잘 묻히기 위해서는 흙과 섞이는 것을 더러워하거나 "내가 썩어간다고 생각"하지 않아야 한다. 흙과 섞인 물, 흙탕물에서 모는 자라난다. 흙과 계속 섞여 있을 것, 흙과 계속 "서로 사랑하고 미워"할 것. 흙이 세상을 의미한다면 세상 속에서 그대로 살아나가는 것. 시인은 그것이 아름답다고 말한다. 그러므로 시인에게 아름다움이란 깨끗하고 순수한 무엇에서 오는 게 아니다. 세상과 뒤섞여 세상의 비료가 될 때 아름다움은 발현된다. "고요는 고요에 있지 않고 소란한 길 위에 있"(「고요를 찾아서」)듯이, 역설적으로 삶은 죽음에서, 아름다움은 더러움에서 찾을 수 있다. 한데 이제 "죽어갈 날이 더 많은"(「택배」) 삶에서 세상과의 뒤섞임, 타자와의 뒤섞임은 어떠한 양태로 이루어져야 하는가. 어떻게 죽어가면서 살아가야 하는가. 모닥불과 함박눈이 섞일 때처럼 '스스로' 꺼지고 녹으면서 살아가야 한다.

강가의 모닥불 위에 함박눈이 내린다
하늘의 함박눈이 모닥불 위에 내린다

모닥불은 함박눈을 태우지 않고 스스로 꺼진다
함박눈은 모닥불에 녹지 않고 스스로 녹는다

나는 떠날 시간이 되어 스스로 떠난다
시간도 인간의 모든 시간을 스스로 멈춘다

이제 오는 자는 오는 곳이 없고
가는 자는 가는 곳이 없다

인생은 사랑하기에는 너무 짧고
증오하기에는 너무 길다

———「모닥불」전문

    서로 만나 스스로 꺼지고 스스로 녹는 모닥불과 함박눈처
럼 세계와 뒤섞이면서 스스로 떠나는 삶, "발버둥 치면서 흐
르지 않"는 '강물'과 "발버둥 치면서 지지 않"는 '꽃'과 "발
버둥 치면서 하늘을 날지 않는" '새'처럼 "발버둥 치지 않"
는 삶(「발버둥」). 그 삶에서 시간과 공간은 인간으로부터 해

176

방된다. 시간은 "인간의 모든 시간을 스스로 멈춘다". 공간은 구획된 인간의 공간이기를 그치고 "오는 곳"도 "가는 곳"도 없는 공간이 된다. 그렇다고 시간과 공간이 사라지는 것은 아니다. 다만 인간이 조작한 시공간의 구획선이 사라질 뿐이다. 녹아 없어진다는 것은 비인간의 시공간으로 들어간다는 의미다. 반면 「시간의 의자」에 따르면, 사람들은 시간을 세우려고만 한다. "시간의 의자"가 "먼저 쓰러"졌을 때, 함께 쓰러진 사람들은 "얼른 일어나" 의자를 세우고 "기어이 의자에 앉"아 "의자가 되려고 한다". 나아가 사람들은 자신들이 세운 시간 자체가 되고자 하며, 그럼으로써 "땅바닥에서 고요히 찾아오는 흙냄새"를 맡지 못하는 지경에 이르게 되었다. 그 "시간의 의자"에는 "햇살보다 거친 폭풍우"가, "사랑보다 분노"가, "상처와 증오의 마음"이 앉는다.

그러나 「시간의 뿌리」에 따르면, 인간이 세워 앉을 수 있는 것으로 조작된 시간 ─ 시계적인 시간 ─ 이 아닌 시간 그 자체는 "영원히 시간의 나무로 스스로 존재할 뿐"이다. 그 '시간의 나무'의 뿌리는 "땅속으로 때로는 지상으로" "시작도 끝도 없이 항상 뻗어나갈 뿐"이므로 시계가 멈추었다고 하더라도 성장을 멈추지 않는다. 시간은 세계 속에서 자라나면서 세계를 형성한다. 시간의 의자에서 넘어져서 땅바닥에 굴러떨어졌을 때 맡게 되는 흙냄새는 바로 이 시간의 뿌리에서 나는 냄새일 것이다. "땅에 떨어진다는 것"(「낙과」), 곧 죽음은 인간의 시간에서 벗어나 흙 속을 흐르는 시간의 뿌리에 합류하는 일이다. 그런데 시간의 뿌리는 지상으로, 저 허공을 향해 나뭇가지로 변화하여 뻗어나가기도 하지 않는가. 그렇다면 '굴러떨어진다는 것'에서도 시간의 뿌리가 지니는 역설적인 상승 이미지를 발견할 수 있지 않을까.

뒷모습이 아름다운 사람이 아름답다고
이제는 내 뒷모습이 아름다워졌으리라
뒤돌아보았으나
내 뒷모습은 이미 벽이 되어 있었다
철조망이 쳐진 높은 시멘트 담벼락
금이 가고 구멍이 나 곧 무너져 내릴 것 같은
제주 푸른 바닷가 돌담이나
예천 금당실마을 고샅길 돌담은 되지 못하고
개나 사람이나 오줌을 누고 가는
으슥한 골목길
담쟁이조차 자라다 죽은 낙서투성이 담벼락
폭우에 와르르 무너진다
순간 누군가
담벼락에 그려놓은 작은 새 한마리
포르르 날개를 펼치고
골목 끝 푸른 하늘로 날아간다
나는 내 뒷모습에 가끔 새가 날아왔다고
맑은 새똥을 누고 갈 때가 있었다고

내 뒷모습이 아름다울 때도 있었다고

──「뒷모습」 전문

숱한 세월을 살아온 시인은 자신의 뒷모습이 이제 아름다
워졌으리라고 기대하며 뒤돌아본다. 그러나 "철조망이 쳐
진 높은 시멘트 담벼락"만 보일 뿐이다. 그것도 "곧 무너져
내릴 것 같은", "으슥한 골목길"의 "낙서투성이 담벼락"이
다. 너무나 허름해 "폭우에 와르르 무너"져버린 담벼락. 하
지만 그 무너진 담벼락에서 "누군가/담벼락에 그려놓은 작
은 새 한마리"가 "골목 끝 푸른 하늘로 날아간다". 담벼락에
그려진 낙서 중에 새가 있었던 것. 물론 그 '낙서'란 시일 터
이다. 시인의 뒷모습 ── 벽 ── 에는 시가 낙서처럼 쓰여 있
었고, 그 시에는 가끔 날아온 새가 "맑은 새똥을 누고" 간 흔
적으로 스며들어 존재해왔다(그러니까 '새 한마리'를 그려
넣은 누군가는 바로 새 자신이겠다). 그런데 시인의 뒷모습
이 무너져 내리자 시 속에 존재했던 새가 날아올랐던 것. 저
비상하는 새를 보면서 시인은 "내 뒷모습이 아름다울 때도
있었다"며 자신이 살아온 삶을 긍정하게 된다.

'새'는 이 시집의 주인공 중 하나라고 할 만큼 각별한 위
상을 갖는 존재자다. 많은 시에서 새가 등장한다.「성소(聖
召)」에 따르면 '새소리'는 성스러운 부르심(성소)이고,「부
르심」의 '새소리'는 "당신이 부르시는 소리"와 닮았다(물론

이 부르심은 '절대자'가 저세상에서 시인에게 보내는 것이리라). 새벽 첫눈이 내린 '눈길' 위에 나 있는 발자국을 "당신 발자국인가 하고" 따라 걷자 "성 프란치스코와 이야기를 나누던/새들이 내 뒤를 따"르기도 한다(「눈길」). 지상에 내려온 새는 절대자가 이 세상을 여전히 사랑한다는 징표다. 아파트 보도블록 위에 쌓인 첫눈 위로 "총총히 찍혀 있는/작은 새 발자국"은 "새들이 떠나면서/마지막으로/인간을 사랑한다고/희디흰 피로 쓴/사랑의 혈서"(「혈서(血書)」)다('희디흰 혈서'는 성인을 연상시킨다).

그렇다고 새가 성스러운 뜻을 전하는 전령인 것만은 아니다. 새 자체가 진리를 드러내는 상징적인 존재자다. 새는 "진리를 위해" 하늘을 날며, "땅에서는 인간의 거짓을 쪼아먹고/하늘에서는 진리의 똥"을 눈다(「새는 언제나 옳다」). 인간 세상을 정화하면서 진리를 드러내는 새. 땅으로 떨어지는 삶, 그리하여 타자를 위해 죽음을 사는 삶은 그 삶에 숨어 있었던 이러한 새 ─ 비상하는 진리 ─ 를 드러낸다.

저 높은 산정에서 굴러떨어질 때
나는 빵이 되어 굴러떨어진다
한조각 빵을 얻기 위해 평생을 헤매는
먹어도 먹어도 돌아서면 배고픈 당신을 위해
부드러운 식빵이 되어 굴러떨어진다

저 높은 산정에서 굴러떨어질 때
나는 의자가 되어 굴러떨어진다
이 세상 그 어디
단 한번이라도 편히 앉아 쉴 곳이 없었던
당신의 고요한 의자가 되어 굴러떨어진다

장마가 그치고 가을이 와도
때로는 지금보다 더 높은 산정에서
나는 새가 되어 굴러떨어진다
길 없는 길을 걸어가는 당신이
어딘가로 회향(回向)의 길을 떠날 때
한마리 새가 되어 당신에게로 날아간다

—「낙석(落石)」 전문

산정에서 굴러떨어지는 돌은 날아가는 새가 된다. 이 '낙석'은 추락의 이미지와 비상의 이미지를 역설적으로 결합한다. "높은 산정"에 존재하는 돌은 변신 능력을 지녔으며, 그 능력은 타인을 위해 발휘된다. '당신'을 위해 "부드러운 식빵"이나 "고요한 의자"로 변신하는 것이다. 그와 같은 변신 능력은 산정에까지 올라감으로써 획득할 수 있었을 터, 그 능력은 산정에서 당신을 향해 굴러떨어지면서 발휘된다. 낙석은 새가 될 수 있는 능력도 가졌다. 이 변신 능력은 다른 변신 능력의 전제가 될 것이다. 돌이 굴러떨어지면서 당신

에게 도달하기 위해서는 새처럼 날아가는 능력이 전제되어
야 하기 때문이다. 하여 돌은 굴러떨어지면서 "길 없는 길을
걸어가는 당신"에게 길을 알려주기 위해 "한마리 새가 되어
당신에게로 날아"간다.

　천사는 아래로 굴러떨어지면서 비상하는 저 '돌-새'와 같
은 존재자다.「천사의 말」에서 천사는 자신이 서울역 지하도
의 "노숙자들이 기대 잠든 기둥과 기둥 사이"에 있다고 말
한다. 낮은 곳에 있는 사람들, 고통받는 사람들 사이에 날개
달린 천사는 존재한다. 그렇게 그들 사이에서 낮게 굴러다
니는 것이 천사의 비상이다. 시인은「낙법(落法)」에서 저 돌
이나 천사처럼 굴러떨어지면서 비상하는 법, 즉 '낙법'을 당
신에게 배웠다고 한다. "내가 당신에게 배운/가장 소중한 가
르침은 낙법"이었으며, 당신이 '나'를 "벼랑 아래로 힘껏 떠
밀어버린 것"도 "낙법을 가르치기 위함이었다"는 것. 그 낙
법이란 "새가 바람에 자신을 맡기는 것처럼" "넘어지면 넘
어진 곳에/쓰러지면 쓰러진 곳에 나를 맡기면 된다는 것"이
다. 이것이 떨어지면서 비상하는 낙법이다.

　새처럼 바람에 자신을 맡길 수 있기 위해서는 가벼워져야
한다. 가벼워지기 위해서는 마음을 포함하여 자신이 가진
모든 것을 비워야 한다. 집까지도 비워야 한다. 시인에 따르
면 성 프란치스코가 그러한 비움의 삶을 살았다. 그는 천사
처럼 낮은 곳을 새와 함께 굴러다니며 새처럼 날아다녔다.
서울의 노숙인은 프란치스코의 후예다. "서울 어느 곳에도

그의 집은 없"지만, "그의 등에 매달"린 "무거운 배낭이 그의 집"이고 "배낭 끝에 매달린 검은 우산이 그의 지붕"이어서 "서울이 다 그의 집"이다(「프란치스코의 집」). 그의 존재 자체가 집이자 빈집이다. 모든 것을 비우고 낮은 곳을 굴러다니는 그는 천사와 함께 있으며 성 프란치스코의 영혼을 잠재적으로 품고 있다. 정호승 시인은 땅으로 떨어지면서 새처럼 비상하는 삶을 살기 위해서는 노숙인처럼 집을 떠나 빈집처럼 살아야 한다는 것을 당신이 가르쳐주신 '낙법'에 따라 인식한다.

빈집처럼 살기 위해서는 과거에 살던 집으로부터, 과거의 나로부터 '탈출'해야 한다. "불행했던 내 과거가 나를 짓밟아버리기 전에/나를 탈출하지 않으면/나는 이제 인간이 될 수 없다"라는 진술은 이 맥락에서 이해된다. 여기서 '인간'이 된다는 것을 인간중심주의적인 의미로 읽지는 않아야 한다. 그 인간은 "한마리 배고픈 늑대"(「탈출」)와 같은 인간이다. 이 인간은 특이한 종이지만 다른 종과 유사성이 있다. 시인의 신앙에 따른다면 그 유사성은 모두가 '절대자'의 창조물이라는 데에서 비롯되었을 터이다. 다시 말해 인간이 된다는 것은 신의 창조물인 인간 그 자체로 귀환한다는 것이다. '나'로부터 탈출해야 인간이 될 수 있다는 진술은 "빈집이 되어야 내가 인간이 되므로" "빈집이 되기 위하여 집을 떠난다"(「집을 떠나며」)는 진술과 조응하는데, 이 진술에서

의 '인간'은 빈집으로서의 존재자, 인간 그 자체로서의 인간
이다. 정호승 시인은 그 빈집으로서의 인간으로 귀환하고자
한다. 그런데 그 빈집은 비어 있지 않다. 온갖 존재자들이 와
글거리고 있다.

빈집에는 빈집이 산다
빈집에는 빈집의 가난한 가족들이 산다
장독에는 깨어진 고추장 된장 항아리가
서로의 어깨를 어루만져주고
안방에는 이불장이 이불을 자꾸 개켜주고
벽시계는 잠시 휴식의 시간을 취하고
옷걸이는 아직 바지와 티셔츠를 걸어놓아
빈집에는 사랑하는 빈집의 가족들이 산다
거미가 찬장과 부뚜막 아래로 거미줄을 치고
개미와 귀뚜라미와 어린 쥐들이
아궁이를 들락거리며 서로 다정하다
비가 오면 빗물이 마루 밑으로 들어오고
눈이 오면 눈송이가 마당에 켜켜이 쌓여
빈집은 빈집이므로 아름답다
나는 이제 빈집으로 돌아가는 일만 남았다
사람도 빈집이 되어야 아름다우므로
아름다운 빈집이 되기 위하여
나를 기다리는 빈집으로 돌아가야 한다

—「빈집」전문

빈집에서는 저 망가진 사물들과 온갖 미물들이 서로 사랑하며 "가난한 가족들"을 이룬다. 이 가족의 구성원들은 자연 그대로 존재하면서도 가만히 있는 것만은 아니다. "서로 다정하"게 "서로의 어깨를 어루만져주고" 있다. 아름다운 모습이다. 저 온갖 존재자들의 어울림은 사람의 손길이 닿지 않은 빈집이므로 가능한 것, 빈집은 아름답다. 그래서 아름답고자 하는 사람인 시인은 집에서 나와 "빈집으로 돌아가" 온갖 존재자들과 어울려 살고자 한다. 다채롭고 순수한 존재의 세계로의 즐거운 귀환. 그러나 밝고 활기찬 어조로 진술되는 위의 시와는 달리, 역시 '빈집'을 주제로 삼은 「집을 떠나며」는 어둡고 우울한 어조를 보여준다. "빈집이 되기 위하여/새도 나뭇가지를 떠"나듯이 시인은 "집을 집에 두고 떠났으나" 집은 도리어 "강물이 물고기를 떠"나듯이 "나를 떠나면서 나를 버리고 떠"났기 때문이다. 집을 떠나자 집이 '나'를 버리고, 돌아온 "나의 빈집은 바람이고 구름"만이 존재할 뿐이다. 빈집에는 정말 아무도 없어서 죽음과 가까워 보인다. "집을 떠나며 내 목숨의 그림자도/나를 떠난 지 이미 오래"였던 것, 시인은 집을 떠난다는 것이 집과 영영 이별하는 일임을 "뒤늦게 알아차"(「마지막 순간」)린 것이다.

　　싸락눈 내리던 날 집을 나와

함박눈 내리는 날 집으로 돌아갔으나
집이 없다
집이 나를 기다려주지 않고 돌아가셨다
집을 나오던 그때가 바로 마지막이었다

돌아가신 집을 다시 나왔다
함박눈은 계속 퍼붓고
아무 데도 갈 데가 없다
함박눈이 내리는 하늘의 길은 있어도
내가 가야 할 인간의 길은 없다

사람들은 모든 마지막 순간을
마지막 순간이 지난 다음에야 알아차린다
잠깐 다녀오겠다고 집을 나서던
바로 그 순간이 마지막이었음을

잘 갔다 오라고 손을 흔들고
어깨에 쌓인 눈을 가볍게 털어주던
그때가 바로 마지막 순간이었음을
뒤늦게 알아차리고 눈을 감는다
—「마지막 순간」 전문

집으로 돌아오자 집은 이미 "돌아가셨다". 집을 나서던 순간이 집과 "마지막"이었던 것. 이제 돌아갈 집이 없다. '나'를 인간으로 만들어줄 빈집도 없다. "내가 가야 할 인간의 길"도 없다. '빈집 되기'는 시인이 죽음으로 가는 삶을 사는 '낙법'이었다. 땅으로 잘 떨어지는 방법은 버려진 사물들과 미물들, 낮은 곳에 사는 사람들과 즐거이 어울리며 있는 그대로 사는 것이었다. 아름다움은 거기에 있었다. 하지만 죽음이 먼저 눈앞에 와 있다는 것을 시인은 절실하게 깨닫는다. 집을 나오자 집과 영영 이별임을, 삶의 거주지가 없어져 버렸음을, 빈집조차도 존재하지 않는다는 것을 알아차린다. 하여 시인은 '당신'과 마주하는 이 순간 역시 언제 '마지막 순간'이 될지 모른다는 불안에 사로잡힌다. 위의 시와 같은 제목인 「마지막 순간」에서 시인은 "내일 다시 당신을 만나리라 굳게 믿었던/내일은 사라"질지 모른다며 이 불안을 표명한다. 그것은 언제 죽음이 찾아올지 모른다는 불안이기도 하다. 죽음의 임박에 대한 감각은 "시시각각 누가 나를 찾아온다"(「시시각각(時時刻刻)」)는 환각으로 나타나기도 한다. 시인은 이러한 불안을 수의를 미리 입음으로써 벗어나고자 한다. "누구나 일생에 오직 단 한번만 입"는 수의를 "두번 이상 입"음으로써(「수의(壽衣)」) 죽음을 미리 앞당겨 경험하는 셈이다. 이러한 '수의 입기'가 죽음에 대한 시적 사유일 것이며 이 시집의 시편들일 것이다.

땅으로 떨어짐으로써 타자를 위한 과일이 되고 곡식이 되

면서 새처럼 날아오르는 삶. 시인은 이를 위해 빈집이 되고
자 집을 나섰으나 죽음이 이미 눈앞에 와 있음을, 집 자체가
사라져버렸음을 알게 된다. 그래서 그의 '낙법'은 다른 길을
찾은 듯하다. 그것은 '나의 눈사람'이 되는 길이다. "자신의
육체가 다 녹을 때까지/가슴 깊이 상처를 안고/물이 되어
고"(「나의 눈사람」)이는 눈사람. 그 눈사람은 죽음 —— 자신의
해체 —— 을 살아가는 존재자다. 시인이 수의를 입듯이. 눈사
람이 녹아 '바닥'에 고인 물은 눈사람의 '삶-죽음'으로 이
루어졌다. 그 물은 눈사람이 쓴 시 아닐까. 수의 입은 시인이
시를 남겨놓듯이. 그런데 이 "바닥의 물"을 "박새 한마리"
가 날아와 "쪼아 먹"고 "고양이도 찾아와" 핥아 먹고 '나'도
"목이 말라 엎드려" 먹는다(같은 시). 그리하여 햇살에 녹으
면서 죽은 눈사람의 '몸-시'가 빈집의 가족들을 다시 형성
하기 시작한다. 그래서 저 눈사람의 '눈-물'은 아름답다. 그
'눈-물'은 타자를 향한 사랑의 실현이기에.

　죽음을 살아가는 눈사람의 삶은 점차 사라지는 일몰과 같
다. "당신이 찾아오기를 기다려야 하는 시간이 찾아왔"(「일
몰」)음을 직감하는 시인은 당신을 기다리면서 일몰과 같은
삶을 살고자 마음먹는다. 그것은 아름다움을 '마지막 순간'
에 '단 한번' 실현하는 삶이다.

　　해는 지고 노을 속으로 새 한마리 날아간다
　　나는 사라질 때까지 사랑하는 것을 두려워하지 않는다

일몰의 순간에 굳이 일출의 순간을 생각할 필요는 없다

일몰의 아름다움이 없으면
일출의 아름다움 또한 존재하지 않으므로
일생에 단 한번 일몰의 아름다움을 위해 두 팔을 벌린다
—「일몰」부분

저 일몰이 보여주듯이 "사라질 때까지 사랑하는 것", 이
시집에서 정호승 시인이 다다른 단호한 시적 윤리다. 사랑
이 아름다움을 낳는다. 존재자들의 목마른 목을 적셔주는
눈사람의 '눈-물'이 아름답듯이. 일몰은 지평선 너머로 떨
어지면서 세계를 붉게 물들여가며 아름다움을 발현한다.
이때 "노을 속으로 새 한마리 날아간다". 죽음으로 떨어지
는 일몰은 '사랑하기'를 통해 새처럼 아름답게 비상한다. 죽
음을 살고자 하는 시인에게 사랑하기란 시 쓰기일 것이다.
눈사람의 '눈-물'과 같은 시 쓰기 말이다. 이 시집의 시편
들, 아니 정호승 시인이 지난 50년 동안 쓴 시편들이 그러한
'눈-물' 아니겠는가. 오래도록 목마른 독자들의 갈증을 해
소해준 '눈-물'로서의 시편들. 그의 시를 마시려고 빈집 같
은 그의 시집에 모여든 독자들은 어느새 보이지 않는 '가난
한 가족'을 형성해온 것이다.

李城赫 | 문학평론가

신작 시집으로는 열네번째, '창비시선'으로는 열한번째 시집이다. 어느 시집이든 출간의 의미가 다 각별하지만 이번 시집은 올해 등단 50주년을 기념하고자 하는 의미가 크다.

50년 동안이나 이 험난한 세월을 시를 쓰면서 살아올 수 있었다는 사실에 감사하지 않을 수 없다. 시를 쓰지 않았다면 도대체 무엇을 하며 어떻게 살아왔을까. 어디에서 삶의 가치와 기쁨을 얻을 수 있었을까. 아직 이 세상에 나를 존재하게 함으로써 시를 쓸 수 있도록 허락해주신 절대자에게 먼저 감사의 마음을 바친다. 그리고 시를 쓰는 고통을 끊임없이 견디고 꾸준히 시인으로서의 길을 걸어온 나 자신에게도 감사의 마음을 전한다.

"문학은 결사적이어야 한다. 외롭고 배고프다고 해서 모두 생활로 떠나고 견디지 못한다면 문학도 망하고 문인도 망할 수밖에 없다. 김수영 같은 시인이 우리 입가에 자주 오르내리는 이유를 우리는 알고 있다."

30여년 전, 어느 문학평론가가 문예지 월평에 쓴 글이다. 나는 아직도 이 글을 책상 앞에 붙여놓고 있다. 시 쓰기를 포기하고 싶을 때마다 끊임없이 내게 큰 힘을 주기 때문이다. 이 시대에 시를 쓰는 일은 외롭고 배고픈 일이다. 그렇지만 시를 떠나 살 수 없는 게 지금까지 내 삶의 현실이자 본질이다.

"시인의 스승은 현실"이라는 김수영 시인의 말대로 내 시의 스승은 현실이다. 이 비극의 시대를 살아온 고통의 현실이 바로 내 시의 스승이다. 나는 시를 통해 나를 이해하고, 인간을 이해하고, 내가 살아온 이 시대의 현실을 이해하려고 노력해왔다.

김승희 시인은 내 시선집 『내가 사랑하는 사람』(비채 2021) 해설에서 "정호승은 아주 오래된 시인이자 동시에 아주 새로운 시인이다"라고 한 적이 있다. 50년 동안 시를 써왔으니 나는 아주 오래된 시인이다. 그러나 '아주 새로운 시인'은 아니다. 그렇지만 인간과 자연과 사물의 현상을 항상 나만의 시각으로 새롭게 생각하고 표현하는 시를 쓰라는 약언(藥言)으로 여겨져 가슴 깊이 새긴다.

썩어가는 모과향은 모과의 영혼의 향기다. 내 육신은 늙어가도 내 영혼만은 시의 향기로 가득 채워지기를 소망해본다. 시를 향한 내 마음만은 50년 전 처음 등단했을 때 그 청년의 마음으로 돌아갈 수 있기를 간절히 기도해본다.

이번 시집에 실린 시 백열다섯편은 아홉편을 제외하고는 모두 미발표 신작시다. 시집 출간도 신작시를 발표하는 하나의 장(場)으로서의 의미를 지닌다.

오랜 세월 동안 내 시를 사랑해준 독자들에게 이 시집을
바친다.

2022년 가을

정호승